Coordinador de la colección: Daniel Goldin
Diseño: Arroyo + Cerda
Dirección artística: Rebeca Cerda
Diseño de portada: Joaquín Sierra

A la Orilla del Viento

Primera edición en inglés: 1989
Primera edición en español: 1991
Segunda edición: 1995
   Primera reimpresión: 1996

Título original:
The Thief

© 1989, Jan Needle
Publicado por Hamish Hamilton, Ltd., Londres
ISBN 0-241-12607-X

D.R. © 1991, FONDO DE CULTURA ECONÓMICA, S.A. DE C.V.
D.R. © 1995, FONDO DE CULTURA ECONÓMICA
Av. Picacho Ajusco 227; México, 14200, D.F.

ISBN 968-16-4756-4 (segunda edición)
ISBN 968-16-3680-5 (primera edición)

Impreso en México

JAN NEEDLE

LADRÓN

*Para Beryl
y, en memoria,
para Roy*

ilustraciones
Luis Fernando Enríquez

traducción
Juan José Utrilla

FONDO DE CULTURA ECONÓMICA
MÉXICO

Capítulo 1

❖ A KEVIN Pelham no le gustaba mucho su escuela. La suya no era una escuela en serio, como por ejemplo la de Grange Hill. No tenía pandillas de bravucones que se ensañaran con los más chicos. No tenía un Club de Fumadores que se reuniera tras los cobertizos para bicicletas, y que luego fueran descubiertos y torturados por profesores sádicos. Y, pensándolo bien, ni siquiera tenía cobertizos para bicicletas: Era una escuela odiosa.

Kevin se hallaba en el cruce de dos pasillos, viendo pasar a su lado a cientos de niños que se apresuraban. Muchos de ellos se dirigían a clases que no les gustaban, dadas por profesores a los que casi no atendían. Llevaban pantalones o faldas grises, suéteres y corbatas azules, y casi todos parecían no tener quejas. Aún faltaba la mitad de la tarde —horas enteras—, ¡y no les preocupaba! Kevin sintió cierta repugnancia.

Allá en lo alto de la pared, la campana que había estado sonando furiosamente durante medio minuto empezó a dar sonidos más tenues y espaciados. Según el reglamento de la escuela, cuando cesara por

completo debía comenzar la clase siguiente. Por supuesto, los atestados corredores iban vaciándose. Un profesor que pasaba al lado de Kevin le echó una mirada de curiosidad, tal vez de acusación. Se veía que pensaba: "¿Por qué no vas a tu próxima clase, muchachito?" Kevin le devolvió la mirada, y dejó caer los hombros. Los aborrecía a todos.

Contemplándose la muñeca izquierda —donde había llevado su reloj "digital" hasta que lo olvidó en la alberca—, Kevin tomó una resolución. El malestar que sentía en el estómago sería buena excusa. No necesitaba en realidad ir al retrete, pero iría para sentarse un rato y pensar. El señor Butler y su clase de historia podían irse al demonio.

Una vez decidido, Kevin avanzó por la escuela muy cautelosamente, temeroso de que lo detuvieran. Para su edad, era pequeño; su abundante cabello medio rubio le caía sobre los ojos. Aunque él sintiera que no llamaba la atención con su uniforme de pantalones grises y suéter azul, los maestros tenían el don de fijarse en él y hacerle preguntas difíciles, y ahora que los pasillos estaban casi desiertos, se sentía más expuesto. La tensión lo hacía jadear un poco cuando por fin llegó a los retretes de los muchachos y se deslizó por la puerta. Medio minuto después se había encerrado. Estaba a salvo.

Entre todos los maestros que Kevin detestaba, Butler ocupaba el primer lugar. Era gordo, con una cara rubicunda, y siempre estaba usando palabras raras, con las que pretendía divertir a los chicos. Kevin rió silenciosamente. Era extraño detestar a alguien sólo porque era grandilocuente y se reía de sus propios chistes. Debía de haber más, alguna otra razón.

Sí la había. Sentado en la cubierta de plástico negro, rascando un poco de pintura reseca que había en la pared, Kevin se sorprendió al comprender que su desagrado tenía que ver con la materia de historia.

La idea era bastante complicada, y para no confundirse más, Kevin pensó en voz alta. Así, podría seguir el hilo de sus ideas.

"El maestro dice que la historia trata de guerras y esas cosas —dijo Kevin—. Siempre está hablando de Spitfires,* de reyes y reinas y de batallas. Pero eso no vale nada, eso no me interesa, y él no hace más que burlarse de lo que a mí sí me interesa."

Aquello era un poco confuso, pero Kevin se sintió seguro de que estaba en lo cierto. Como muchos de sus maestros, Butler creía que Kevin era tonto. Pero mientras que los demás lo dejaban más o menos tranquilo en clase, no así Butler. De cuando en cuando Kevin decía algo durante la clase de historia, y Butler jamás estaba de acuerdo. Entonces se burlaba de él.

En realidad, eso estaba haciendo en aquel momento, aunque Kevin no lo supiera. De pie frente a toda la clase, Butler había perdido cinco minutos hablando sobre Kevin. A Jenny y a Buzz, amigos de Kevin, les había hecho una serie de preguntas estúpidas, que querían ser chistosas, acerca de su "amigo ausente", y Butler hizo un elaborado cuento, lleno de acción, acerca de cómo Kevin se había perdido o lo habían secuestrado los marcianos, o tal vez se había acurrucado en un rincón y "era tal su letargo que de puro aburrimiento se quedó dormido". Se suponía que esto era chistosísimo, y unos arrastrados se rieron. No así Jenny y Buzz.

—Pero para el caso —les dijo Butler, elevando la voz—, su amiguito es de todos modos un experto, ¿verdad? No hay nada que yo pueda enseñarle de historia, con mis escasos dieciséis años de experiencia. Oh, no, Kevin Pelham es el experto, ¿verdad? ¡Vive para la historia!

* Aviones de caza ingleses de la segunda Guerra Mundial. [T.]

Kevin, después de arrancar un último grumo de pintura de la pared, se levantó de la taza y se dispuso a salir. Se le ocurrió una idea, y pensó que ahora que los pasillos estarían libres de maestros inoportunos, podría llevarla a cabo. Que no lo fueran a ver, porque se metería en líos. Tiró entonces de la cadena, salió del cubículo y se lavó las manos.

Kevin había tenido no pocas dificultades en los últimos dos años, y eso no le gustaba. Si algo se mueve fuera, de aquí no me salgo, pensó. El corazón le latía con fuerza mientras escuchaba, pegado a la puerta. Nervioso, se echó hacia atrás el cabello que le cubría los ojos.

Pero no hubo ningún ruido. Después de un rato, Kevin abrió en silencio la puerta y contempló el corredor desierto. Los únicos sonidos eran los del excusado, a sus espaldas, y los lejanos rumores de la escuela, allá enfrente. Con cuidado, Kevin cerró la puerta detrás de él, y salió.

Cinco minutos después, en el guardarropa de maestros, del otro lado de la escuela, un pequeño portamonedas de plástico, propiedad de la señorita Smith, profesora de física, fue sustraído del bolsillo de su saco, donde descuidadamente lo había dejado. En su interior había cuatro billetes de cinco libras y algunas tarjetas de crédito.

El ladrón no fue muy codicioso. Dejó quince libras y, naturalmente, también las tarjetas de crédito. Tim Atkinson, que estaba en el retrete contiguo, puso en fuga al ladrón al tirar de la cadena. Pero salió demasiado tarde para poder ver quién era. ❖

Capítulo 2

❖ Si todos los maestros hubieran sido como la señora Waring, a Kevin no le habría disgustado tanto ir a la escuela.

Cuando Kevin llegó a la biblioteca, con el corazón aún alborotado después de su recorrido desde los retretes, no había nadie allí. La bibliotecaria estaba dedicada a catalogar y a poner las cosas al día.

La mayoría de los maestros —Kevin lo sabía por experiencia— harían casi cualquier cosa por no tener que hablar a los niños fuera de las horas de clase. En cambio, a la señora Waring no parecía desagradarle. Si creía que él era tonto, no lo demostraba. En forma discreta, hasta parecía simpatizar con él. Le sonreía fácilmente y siempre estaba dispuesta a ayudarlo.

Cuando Kevin abrió la puerta, ella levantó la vista de su taza de café. Tenía una pluma en la mano y una rebanada de pastel en la otra. Migajas de pastel caían sobre los papeles en que estaba escribiendo. Sonrió.

—¿Qué deseas? —dijo, en el tono de quien realmente no espera respuesta—. No puedes quedarte aquí, ¿sabes? No estoy de servicio.

Kevin se acercó al escritorio, con una sonrisa cautelosa.

—Estoy estudiando historia —dijo—. ¿Puedo volver a ver ese libro? Ya dijo usted que sí podía.

Los labios de Kevin se le secaban mientras hablaba, y dejó que el cabello le cayera sobre los ojos, para ocultárselos a la maestra. No estaba precisamente mintiendo, pero tampoco estaba diciendo toda la verdad. Eso ya se le había hecho costumbre. De hecho, sí quería ver aquellas cavernas en el libro. Las cavernas que había en los límites de la ciudad y que, supuestamente, debían desconocer los niños. Le daba miedo que la maestra, de algún modo, pudiese adivinarle el pensamiento.

Pero la señora Waring se limitó a meterse los dedos en la boca y se sacó algo negro y brillante.

—Si esto es una pasa, yo soy Napoleón —dijo, riendo—. ¿O Josefina, quizá debiera decir? Parece un escarabajo horneado. Espero que no lo sea.

Kevin se quedó ahí, simulando cortésmente interesarse en aquello mientras la profesora se acabó el apetitoso y dorado pastel. Luego tomó un sorbo de café para enjuagarse la boca. Dejó la taza y se puso en pie.

—Encontré otro libro mejor —dijo, guiando a Kevin hacia un estante—. Tiene ilustraciones y mapas. Casi no creerías lo mucho que se ha escrito sobre este pueblecillo.

Para Kevin, eso no tenía mucho sentido. Para él, la ciudad en que vivía era sólo eso, una ciudad. Le parecía grande, ruidosa, con edificios de departamentos y casas y fábricas y algunas escuelas. Una parte parecía ser sólida: kilómetros y kilómetros de ladrillo y concreto. La otra parte iba convirtiéndose en arbustos y llanos. ¿Cómo podía él saber si era un pueblecillo o no?

—¿Ah, sí? —dijo Kevin.

La señora Waring se estiró hasta alcanzar un alto estante. Con esfuerzo, bajó un pesado volumen y lo llevó hasta una mesa, donde éste cayó ruidosamente.

—Ahí lo tienes —dijo—. No hay muchos otros niños que lo conozcan. ¿En qué clase deberías estar ahora, Kevin?

—En ninguna —dijo Kevin, mintiendo—. Ya le dije, señorita. Vine a hacer mi tarea de historia. Puede preguntarle al señor Butler, si quiere.

"No le preguntará", pensó Kevin. "Tampoco ella soporta a ese gordo estúpido."

La señora Waring lo miró a la cara.

Dijo con una voz rara:

—Este niño se soltó la clase de histeria y saltó la historia.

Kevin no dijo nada.

—Es una broma— dijo la señora Waring, y se rió—. Es un juego de palabras, debería ser: Este niño se saltó la clase de historia y soltó la histeria.

Kevin no se inmutó. No quería equivocarse y hacerla enojar. Se hubiera reído de estar seguro que eso quería ella, pero lo menos arriesgado era no hacer nada.

La señora Waring lo miró a la cara:

—Bueno— le dijo—, ya te piqué bastante el tiento, o sea ya te quité bastante el tiempo. Adelante. Siéntate y lee. Yo vuelvo a mi pastel de escarabajos y a mi café.

Luego miró su reloj.

—Te quedan veinte minutos de la clase del señor Butler. Aprovéchalos bien.

Y así lo hizo Kevin. Pues en cuanto abrió el libro, grande y apaisado, supo que había dado con algo sensacional. En él había un mapa de las cuevas, un mapa plegado, amarillento, que podía extenderse hasta el cuádruple del tamaño de las otras páginas. Era, con mucho, el mapa más detallado de las cuevas que él hubiera visto, y a la primer ojeada pudo ver nuevas entradas que él nunca hubiese adivinado. Aquello lo llenó de entusiasmo.

"Mira, Butler", dijo, entre dientes, "sí estoy interesado en la historia. En cambio, no me interesan tus estúpidas guerras, tus malditos aviones y acorazados. Esto es de a de veras."

Para ser justos con el señor Butler, hemos de decir que Kevin nunca le había preguntado por las cuevas, ni soñaría con preguntarle. Era muy posible que el maestro de historia ni siquiera supiese de su existencia; pocos adultos parecían conocerlas, a menos que se hubiesen criado en la ciudad. Pero aun si hubiese sabido, no las habría mencionado; de eso no tenía Kevin la menor duda, porque eran lugares abandonados, peligrosos, y terminantemente prohibidos. Probablemente, hasta habría negado que existieran. ¡Así son los maestros!

Mas para Kevin, las cuevas sí eran historia. Se extendían por kilómetros debajo del bosque, y se remontaban a la noche de los tiempos. Cuando Kevin estaba dentro de una de ellas, podía imaginar fantasmas: de la Edad de Piedra, sajones o romanos. Hasta aquella guerra que tanto quería Butler, las había alcanzado, cuando la gente se había refugiado de los bombardeos en ellas. Para Kevin, eran historia y geografía y hasta defensa civil. En casa, en su dormitorio, él tenía un mapa.

Era un mapa complicado, con muchos colores, que había empezado a dibujar hacía meses, y en el que trabajaba constantemente. Lo había hecho con plumones, con diferentes colores y símbolos para los distintos niveles y pasadizos. Aquella noche tendría Kevin diversas áreas nuevas que dibujar hasta que pudiese explorarlas adecuadamente; entonces podría repasarlas con tinta.

El padre de Kevin fue el primero en hablarle de las cuevas, varios años atrás. Lo llevó allí, alumbrándose con una gran linterna, y le enseñó muchas partes. Luego, lo ayudó a trazar su primer plano, muy rudimentario, y lo animó a conocer bien las cuevas. Le mostró entradas secretas, y una o dos veces derribó ladrillos que el concejo municipal había levantado para que no entrara el público. El padre de Kevin no era como los maestros. Era otro tipo de hombre.

Mientras lo miraba, el mapa pareció nublarse un poco bajo sus ojos. Pensó en su padre, hombre alto, de rostro alargado, con un airoso bigotillo y ojos que siempre sonreían. Había estado en el ejército, trabajando en barcos y visitando prácticamente todos los países del mundo, por lo que Kevin sabía. En su aspecto había algo de pirata, con su piel bronceada y sus hombros anchos, y todo lo que hacía era emocionante y distinto. Era alguien distinto...

El mapa volvió a aparecer bien enfocado, y Kevin creyó tener un hueco en la boca del estómago. Sintió tristeza y amargura. Pues era eso, ¿verdad? Era eso, exactamente. Su padre era distinto, y la gente estaba contra él. Decían que causaba dificultades, que era un hombre malo, no como Dios manda. Pero el padre de Kevin conocía la verdad, y la reconocía, y le hacía frente. Le había mostrado a su hijo las cuevas, por muy peligrosas que fueran, porque estaban allí, porque existían, porque eran historia.

"Esto es de a de veras, Gordo Butler", murmuró Kevin. "Esto es de a de veras." Ya avanzada la tarde, la señorita Smith, la maestra de física, descubrió que la habían robado. Tim Atkinson, quien había oído al ladrón, se disculpó por no haberlo visto.

—La puerta estaba abierta aún —dijo—, pero cuando miré al corredor, el pájaro había volado. No me di cuenta de que hubiera robado algo. Debería usted llevar un bolso más grande, no un portamonedas de plástico. Yo lo habría visto tirado en el suelo.

Lo dijo en tono de broma, amablemente, porque Judy Smith le gustaba. Ella sonrió.

—Si hubiera tomado uno más grande, no me habría olvidado de llevarlo conmigo —contestó, asintiendo—. De todos modos, sólo se llevaron un billete de cinco libras. Pero son unos canallitas, ¿verdad?

—Bueno —dijo Tim—, podemos ver si algunos muchachos no estaban en clase, ¿verdad? y buscar al culpable.

Fueron a preguntar a los otros profesores. Y, como todos, supusieron que el ladrón tenía que ser un muchacho.

—Son unos canallitas, ¿verdad? —repitió Judy Smith. ❖

Capítulo 3

❖ CUANDO LAS sospechas cayeron sobre Kevin Pelham, él y casi todos los otros niños iban corriendo y saltando por sus distintos caminos, a merendar en sus casas. La señorita Smith y el señor Atkinson habían descubierto el habitual grupo de quienes habían faltado a clase, y a la primera el nombre de Kevin se destacó como una llaga abierta.

Aquello correspondía con lo que todos sabían del muchacho, y el señor Butler no desaprovechó la oportunidad de expresar sus extravagantes opiniones e ideas. Como de costumbre, la señora Waring se quedó a trabajar hasta tarde en la biblioteca, y no la interrogaron.

En las calles heladas, donde el viento del este azotaba las avenidas del centro comercial, Kevin estaba pasando dificultades para convencer aun a sus mejores amigos de que no había estado simplemente haraganeando. Les dijo que la tarde anterior comió algo en la calle que le hizo mal. Jenny, que lo conocía desde siempre, supo que estaba mintiendo.

Con el dorso de la mano, Jenny se quitó de la nariz una gota de rocío y meneó la cabeza. Su corto cabello negro flotaba y en sus ojos brillaban lágrimas causadas por el viento helado.

—No tienes que inventar nada —dijo—. También yo quisiera haberme perdido la clase de Butler. Gordo infame. Es horrible.

—No estoy inventando nada —insistió Kevin—. Te digo que tuve que correr al excusado.

Sus miradas se encontraron, y ambos se preguntaron por qué diría eso Kevin. Jenny supuso que, por alguna razón, le venía de familia no decir la verdad. Por ejemplo, bastaba ver a su padre. Mas a Kevin mentir le causaba un dolor, como un duro nudo en la boca del estómago, del que no podía librarse. Era un hábito y una necesidad. Que Jenny lo supiera sólo empeoraba las cosas.

Jenny sacudió la cabeza para ahuyentar esas ideas, y sonrió un tanto irritada. Quería ayudarlo, decirle que no le importaban sus habituales mentirillas.

—Eso debió de ser un maratón —le dijo—. Esas carreras tuyas. Estuviste ausente de toda la clase de Butler.

Buzz volvió a la conversación. A él no le importaba que Kevin dijera la verdad o no. Pero le aburría que Jenny tratara de "comprenderlo". Le parecía una pérdida de tiempo.

—No te perdiste mucho —dijo—. Lo más interesante fue cuando Butler la tomó contra ti por faltar. Pero si hubieras estado allí, nos habríamos perdido lo más interesante, ¿verdad?

Sonrió complacido por su lógica. Pero Kevin estaba desesperado por convencer a Jenny.

—Mira —le dijo, empujando a Buzz a un lado, para poder ver a Jenny a la cara—. No sólo me salté la clase. Luego fui a la biblioteca. Leí acerca de las cuevas.

Buzz volvió la cara para que Kevin no le viera hacer un gesto. "Oh, no", pensó, "¡otra vez la cuevas!" Jenny decidió hacer un broma.

—¡Cuéntame otra! —dijo, burlándose—. ¡Ni siquiera sabes dónde está la biblioteca!

Kevin se lanzó hacia ella, y tropezó con una señora que iba con una bolsa para las compras, quien les gritó a los dos. Pero ahora, Kevin estaba diciendo la verdad; cualquiera podía verlo. Estaba hablando de su tema predilecto. Buzz y Jenny sabían que aquello sólo podía causar dificultades. Jenny le habló con rapidez, para hacerle reaccionar.

—Mira —dijo—. Debes olvidarte de esas cuevas, Kev. Yo sé que son bonitas y todo, pero ya nos llamaron la atención. La última vez, el papá de Buzz estuvo a punto de darle una paliza, ¿te acuerdas? Son propiedad privada, y realmente peligrosas. Mi mamá cree que…

Kevin la interrumpió. Le enfurecía la nueva actitud que había adoptado.

—¡No me hables de tu mamá! —gritó—. ¡No me hables de nadie! Mientras ustedes estaban oyendo al latoso de Butler, yo estaba haciendo algo útil, ¿ves? ¡En esas cuevas hay un tesoro! ¡Lo digo en serio!

Buzz dio un quejido horrible.

—¡Oh, Dios! ¡Otra vez con eso! —exclamó—. ¡Ya cambia de disco!

—¡Mira, esta vez tengo pruebas! —dijo Kevin, precipitadamente—. ¡Descubrí un viejo mapa!, la señora Waring me dio un libro de la biblioteca. Muestra muchas cuevas de las que ni yo mismo sabía nada.

—Nos aburres —dijo Buzz, canturreando—. Nos a-bu-rres.

Jenny volvió la cara. Todo aquello le resultaba casi embarazoso. Kevin le habló, suplicante.

—Vale la pena un viaje, de veras lo vale —dijo—. Si no lo sabía yo, no lo ha de saber nadie, ¿estamos? Quiero decir que los muchachos no saben absolutamente nada de estas cuevas. Ustedes no sabían, ¿verdad? Hasta que yo les enseñé.

—No —convino Jenny, con vivacidad—. Pero eso no quiere decir que voy a creer que allí hay un tesoro enterrado, ¿verdad? Eso es una idiotez.

Los tres habían salido de la zona comercial. Adelante y a un lado se hallaban los lugares en que vivían Jenny y Buzz, no lejos uno de otro. El departamento de Kevin estaba sobre un largo y concurrido camino que llevaba a una parte más sombría y peligrosa de la ciudad. Pronto tendrían que separarse.

Pero antes, podrían caminar por el borde de unos matorrales, la zona arbolada y solitaria en que se hallaban las cuevas. Se detuvieron en una esquina, envueltos en sus abrigos, protegiéndose del viento helado, discutiendo.

—Sólo una vez más —dijo Kevin, obcecado—. Sólo un último viaje. Algunas de las partes nuevas fueron refugios antiaéreos, kilómetros enteros de pasajes. Cientos de personas, cada noche, con todas sus joyas y relojes y dinero. Tiene que haber un tesoro. Tiene que haber algo.

Buzz profirió un sonido obsceno.

—Kev —dijo—. También algunas partes que conocemos fueron refugios contra bombardeos. Y, ¿qué hemos encontrado, excepto desperdicios? Durante la guerra no tenían cosas valiosas. Las habían dado al gobierno para fundirlas y hacer Spitfires y otras cosas. Lo dijo Butler.

Buzz guardó total seriedad, como siempre que hacía un chiste, pero Kevin no le hizo caso. Volvió a intentarlo.

—Pero no sólo son refugios antiaéreos —insistió—. Esos túneles son más antiguos. Tienen siglos. Hasta los antiguos romanos excavaron allí.

—Exactamente —convino Buzz—. Y apuesto a que tampoco ellos descubrieron nada. Mira, me voy a merendar. Estoy helándome.

Kevin hizo un último intento.

—No tendrán frío si vamos a las cuevas. Allí hace calor, están exactamente a 13 grados. Lo dice el libro.

Buzz sonrió pícaramente a Jenny.

—¿Cuánto son 13 grados centígrados? —preguntó a Kevin, poniendo cara de inocente—. En Fahrenheit.

"Maldito", pensó Kevin. No sabía la respuesta. No era célebre por sus conocimientos escolares.

—Hace calor —dijo—, y tú lo sabes.

De pronto, se hartó de tanto rogar y sintió un acceso de ira. Buscó un hueco entre el tráfico.

—¡Cobardes! —gritó—. ¡Los dos!

Jenny no quería pelea, pero tampoco quería ir a las cuevas. Trató de ser razonable.

—Las han bloqueado, Kev —dijo, para impedir que él fuera solo—. Siempre están levantando allí paredes de ladrillo.

Pero Kevin vio una oportunidad de cruzar la calle, y echó a correr sin fijarse en el peligro.

—¡Conozco nuevas entradas, no se preocupen! —les gritó desde lejos—. ¡Yo sé orientarme! ¡Miedosos!

Cruzó el césped, eludiendo los matorrales hasta perderse en el bosque. Buzz y Jenny aguardaron unos momentos. Kevin no reapareció. Echaron a andar hacia los edificios.

—¿Crees que él realmente piensa eso? —preguntó Buzz después de un rato—. Todas esas tonterías sobre un tesoro. ¡Es tan infantil!

Jenny reflexionó. Pensó que ella comprendía a Kevin, en cierto modo, pero no estaba segura de poder explicarlo a Buzz. Buzz era un muchacho despreocupado, al que no le gustaba dar muchas vueltas a las cosas. No era tonto, pero no se complicaba la vida. Jenny suspiró.

—Vive en un mundo fantástico —dijo—. Cree en los milagros. Lo mismo que su papá.

—Ajá —contestó Buzz—. ¿Qué se supone que es su padre? ¿Aventurero en el Oriente? Kevin vive en las nubes.

El padre de Kevin estaba en la cárcel. Todos lo sabían. Era un ladrón. Pero no se hablaba de eso en presencia de Kevin. No se reconocía nada. Nada. Jenny pensó que lo comprendía.

—Tal vez necesite compensar ciertas cosas —dijo—. Quizá así se siente mejor.

—¿Qué? —preguntó Buzz, mitad en broma—. ¿Crees que si simula haber encontrado dinero se sentirá mejor?

Jenny lo tomó en serio.

—Algo así —contestó—. Quiero decir… bueno, si cree que las cosas van a mejorar, tal vez eso le ayude a pasar el día. Algo así. Se dice a sí mismo que algo bueno tiene que ocurrir, y por eso puede permitirse esperar. Reconoce que un poco de dinero les vendría bien, ¿no? Están en las últimas..

Buzz pudo ver adónde quería llegar ella, pero aun así creyó que eso era estúpido. Kevin no podía estar tan chiflado.

—Ya no es ningún bebé. Quiero decir, no va a inventar todo eso. ¡Hazme el favor!

Jenny se estremeció.

—Vamos —dijo—. Voy a correr. Me estoy helando.

Echó a correr. Buzz adoptó su paso.

—¡Pobre de Kevin! —dijo ella, mientras corrían—. ¡Un tesoro enterrado!

—Exacto —dijo Buzz—. Quiero decir, ¡hazme el favor! ❖

Capítulo 4

❖ TRACEY PELHAM, la hermana de Kevin, estaba llenando los estantes de la panadería y tienda general de McCall, en la calle Laker, cuando la señorita Smith la encontró. Por coincidencia, Tracey estaba pensando en la escuela, que había dejado en el anterior mes de julio, a los 17 años. Aún habría podido seguir allí, pues decían que era bastante lista. O, mejor aún, podría estar saliendo a tomar café al término de un día difícil del último año de prepa, con sus amigas. En cambio, allí estaba colocando botes de mermelada muy por encima de su cabeza; la bata de nylon le apretaba dolorosamente las axilas al estirarse. Trabajando para un gruñón hombrecillo con mal aliento. Trabajando por una mísera paga.

Cuando sonó la campanilla de la puerta, ella calculó su tiempo para colocar tres botes más de mermelada antes de que la campanilla sonara por segunda vez, indicando que la puerta se había cerrado tras un nuevo cliente. Luego ordenó tres cajas de galletas, mientras los pasos del cliente se aproximaban a su espalda. Entonces, se dio vuelta. Como Kevin, también Tracey tenía un mechón de rebelde pelo rubio que le cruzaba la frente. Iba a levantarse el pelo, cuando se sobresaltó.

—¡Oh!, ¡señorita Smith! ¡Hola!

La señorita Smith sonrió, pero no con una sonrisa franca. Tracey experimentó una súbita y casi imperceptible sensación en la boca del estómago, similar al miedo.

—Hola, Tracey. Tus amigas me dijeron que te encontraría aquí.

Tracey se ruborizó. Era extraño que hubiese estado pensando en eso. La señorita Smith sin duda venía caminando hacia la puerta mientras esas ideas le pasaban por la cabeza.

—Sí —contestó—. Llevo aquí cuatro meses. Es curioso...

La señorita Smith había sido su maestra de física, y Tracey era buena para la física; en realidad, era buena para todo. La señorita Smith se disgustó mucho cuando Tracey dejó de estudiar. Intentó disuadirla, hacerla cambiar de idea, junto con muchas de las otras profesoras. Con sólo encontrarse con ella en el mundo mezquino y profundamente monótono al que había venido a parar, Tracey se avergonzó.

La señorita Smith preguntó:

—¿Te gusta esto?

Nada pudo hacer Tracey por evitar que el rubor le cubriera el rostro, pero logró disimularlo. Sin embargo dijo la verdad:

—Preferiría estar de regreso en la escuela —por si había sido demasiado franca, añadió, en broma:

—Flojeando.

La señorita Smith parecía ahora más tranquila, y rió. Pero Tracey oyó un ruido en la trastienda. Una mano movió la perilla de la puerta. Era McCall, sin duda. El jefe. Había estado escuchando, como siempre, con disimulo. Tracey se puso tensa.

La señorita Smith dijo:

—Vamos, Tracey, tampoco fue así de fácil la escuela.

"No", pensó Tracey, "no lo fue". Pero no se trataba de eso, ¿verdad? ¿Cómo podría comprenderlo una maestra?

Recordaba perfectamente sus últimos meses de escuela. Con dolor. Habían estado diciéndole que debía esforzarse y pasar los exámenes y capacitarse. Parecían suponer que si ella se quedaba en la escuela, todo saldría bien.

A sus diecisiete años, era demasiado tímida para preguntarles cómo podía todo salir bien. No se atrevió a preguntarles de qué le serviría capacitarse. ¿Para ser médica? ¿Abogada? ¿La próxima Primera Ministra? No tuvo valor para gritarles lo que habría querido gritarles: mi padre es un delincuente, mi hermano está hecho un lío, mi madre toma pastillas todo el día.

Pero cuando llegó el momento, ella abandonó la escuela, desde luego. Tuvo que hacerlo. Alguien tenía que hacer las cosas, ¿no? Mantener a la familia.

Sin embargo, sabiendo todo esto, sintió vergüenza frente a la profesora. Eso era, sin duda, lo peor. Sintió casi alivio cuando, tras ella, se abrió la puerta y el asqueroso de McCall las miró fijamente.

—Mire —dijo Tracey, esperando que él no las oyera—. ¿En qué puedo ayudarla? Se supone... se supone que estoy ocupada.

—Bueno... —dijo la señorita Smith, hablando con toda calma, lo que sin embargo puso más nerviosas a ambas—. Bueno, en realidad no venía por pan. Se trata... se trata de tu hermano Kevin.

Tracey no supo qué contestar. Su temor era enorme. La horrorizó el darse cuenta de que ya había estado esperando que ocurriera algo terrible. ¡Lo mucho que desconfiaba de su hermano!

—¡Oh! —exclamó.

El panadero avanzó lentamente, disfrutando el malestar de ambas.

—Señorita Pelham —dijo.

La señorita Smith bajó la voz y susurró:

—¿A qué hora terminas? Deseo hablarte. Podría esperarte en el café de enfrente.

Tracey asintió con la cabeza.

—A las cinco y media.

Luego elevó la voz, y habló como si la señorita Smith fuese en realidad una clienta. Era un pobre intento, que difícilmente iba a engañar a McCall. Pero ¿qué podría hacer él?

—Lo siento, señora —dijo—. Pero no tenemos bollos de crema. ¿Hay alguna otra cosa que pueda...?

Sonriendo, la señorita Smith salió. "Oh. Kevin", pensó su hermana "¿Qué has hecho ahora?"

Una vez a solas, Kevin no entró en las cuevas. Se ocultó tras unos arbustos hasta que Buzz y Jenny desaparecieron, y luego descendió por una cuesta hasta una de las entradas. Era un agujero cuadrado, de cerca de un metro por lado, con una herrumbrada reja de hierro enmarcada en ladrillo y hormigón. Había manera de mover un extremo de la reja, donde el hormigón se había podrido, pero tras poner la mano en el hierro frío, Kevin cambió de idea.

Le dolía la actitud de sus amigos. Era como si su propio campo privado de juegos, se hubiera vuelto una carga para ellos. Cierto que habían tenido dificultades con obreros y con adultos, y que en aquel lugar se llevaban grandes sustos y se ensuciaban, mas para Kevin eso era parte de la diversión. Le enfurecía ver que Buzz y Jenny parecían resignados a dejar que el mundo de los adultos lo estropeara todo.

Sin embargo, el tesoro sería la clave. Con él los había convencido de que bajaran allí, y con él les haría volver. Era la clave.

Como hacía tanto frío, y como había tantas nuevas entradas y túneles que trazar en su mapa, Kevin no se quedó largo rato. Esperó un tiempo razonable para que Buzz y Jenny ya estuvieran lejos, y luego los siguió. Al final de la calle de Jenny se detuvo un momento, preguntándose si se atrevería a pasar para calentarse. Pero bien sabía que estaba engañándose. Los padres de Jenny no veían a Kevin con buenos ojos. Decían que era un ladrón.

Rechinando los dientes, Kevin echó andar a buen paso hacia los departamentos Frobisher. Era realmente injusto, pensó, pero ya no dejaba que aquello le preocupase mucho. Cierto que antes se había robado cosas. No cosas grandes, y no más que muchos muchachos que él conocía; en realidad, casi todos. Lo que es más: él siempre compartió los dulces y los juguetes que había "levantado". Eso lo aprendió de su padre: comparte siempre cuando tengas. Y como su padre... había que ver adónde había ido a parar.

Kevin se mordió el labio inferior. Su papá era la razón de que los otros niños lo hubiesen delatado cuando él había estado robando. Su papá era la razón de que los padres de Jenny no le permitieran jugar con ella. Pero él había cesado, definitivamente y para siempre, desde la última vez que lo atraparon. Pero como su padre se había metido en casas, Kevin Pelham seguía siendo un ladrón a los ojos de todos.

Kevin se alejó de la acera, y avanzó más rápidamente.

Bueno, no era justo pero, ¿y qué con eso? Su hermana Tracey se lo había dicho una y otra vez: la vida no es justa, Kev. ¿Por qué había de serlo? Nadie te debe nada; no lo olvides. La vida no es justa.

Con ese pensamiento, atravesó la triste y fría extensión de los edificios Frobisher. Era probable que Tracey tuviese razón, pero era dura, demasiado dura. Se detuvo ante el ascensor, y se preguntó si éste llegaría antes de que él muriera allí congelado.

Con amargura, llegó a la conclusión de que él no le importaba un comino a Tracey. Eso era lo malo. Ni él ni su padre. Ella estaba allí para fastidiarlo; mañana, tarde y noche. No le importaba un comino.

Luego, por el momento, Kevin se olvidó de todo: de las cuevas, del botín, de los robos, de todo. Recordó que faltaba una semana para el cumpleaños de su madre, y no supo si Tracey le prestaría dinero para comprarle un regalo. Se le antojó merendar.

En el cafetín, frente a la panadería de McCall, Tracey estaba sentada ante su taza vacía contemplando, sin verla, la puerta por la que la señorita Smith acababa de irse. Sus ojos no estaban velados por lágrimas; simplemente, no podían enfocar. Casi no había hablado durante los quince minutos en que estuvo con la señorita Smith, y apenas murmuró una despedida al irse la maestra.

"Debe de creer que estoy medio loca", pensó Tracey. "Y que soy muy mal educada." Se mostró muy amable, muy comprensiva y simpática. Y yo sentada aquí, como si fuera de piedra. Debe de creer que esto no me importa.

Levantó su taza y volvió a dejarla en su lugar. La señorita Smith había pagado la cuenta, y ella podía irse cuando lo deseara. Se puso de pie.

"Oh, Kevin", pensó. "No, ¡todo eso de nuevo! ¡Volver a robar dinero de los demás!"

Sintió que el agotamiento la invadía, un cansancio que le impedía moverse. Comprendió entonces cómo se sentía su madre. ❖

Capítulo 5

❖ AQUELLA fue una noche extraña para Kevin. E interminable. Todavía empapado por la lluvia que lo atrapó antes de llegar a su edificio, merendó, tuvo una agria discusión con Tracey y trabajó con empeño en su mapa, mientras escuchaba su pequeño radio de transistores. Cuando hubo terminado y se sintió tan cansado que deseó dormir, se tendió en la cama completamente vestido, y se colocó el radio junto a la oreja. Tenía que permanecer despierto, porque era jueves. Pero empezó a meditar, y se sintió triste y cansado. La lluvia contra las ventanas, en lo alto del frío e iluminado edificio Frobisher, lo entristeció aún más.

Las noches de jueves eran noches de desvelarse para Kevin, porque pocas semanas antes había descubierto un programa de radio local: "El amor puede ser muy solitario", que a quienes no conocían su secreto podía parecer un tanto misterioso.

Era un programa en que tocaban las piezas que el público pedía, desde la media noche hasta la una, presentado por un hombre llamado

Shaun Lambert, quien tenía un acento pegajoso, como burla del acento norteamericano. La música que ponía era casi siempre suave y romántica y triste, y en otras circunstancias Kevin no la habría soportado. Ahora, Shaun Lambert estaba hablando.

—La siguiente canción —decía— es para George. Con ella, George, va un mensaje de Rachel, quien quiere decirte que siempre te amará. Lamenta que no puedas estar presente en el cumpleaños de la pequeña Arlene, pero todos se acuerdan de ti. Sonríe, querido, y vuelve pronto a casa.

La canción era tan empalagosa como su introducción, pero Kevin no se inmutó. Sintió lástima por Rachel y por la niña Arlene y por el ausente George. Porque él sabía lo que otros escuchas no sabían: que George estaba en la cárcel. Cada petición, cada mensaje leído por Shaun Lambert era para alguien que estaba encarcelado. Su propio padre, ahora mismo, estaría escuchando, allá a unos quince kilómetros. Y también su madre, en la sala, con su hermana.

Ellas mismas habían hecho una petición, desde que supieron del secreto del programa. Suponíase que Kevin no sabía nada, porque el programa era tan tarde, pero él sí lo sabía. Hoy, por su riña con Tracey, los recuerdos de su padre ausente eran aún más tristes y confusos que nunca.

Aquel enfrentamiento, horas antes, asombró a Kevin y luego lo dejó furioso. Al principio no entendió de qué estaba hablando Tracey, y se lo dijo. Como ella no lo creyó, estalló la riña. No se lanzaron uno contra el otro por miedo a que los oyera su madre.

Tracey le dijo muy escuetamente lo que la señorita Smith le había contado en el café frente a la panadería, y luego lo que ella creía. Faltaban cinco libras esterlinas de una cartera dejada en el guardarropa de los maestros, a la hora en que Kevin había desaparecido de la clase de historia. La conexión —así como la coincidencia— era demasiado obvia.

Kevin negó acaloradamente toda relación con eso. Dijo que había tenido que ir al retrete —aunque desde luego, no repitió a su hermana la mentira acerca de la indigestión—, y que había ido directamente del retrete a la biblioteca.

—Muy cómodo —le interrumpió Tracey—. Y mientras estabas ausente, desapareció un billete de cinco libras. Kevin, yo te conozco.

La amargura de Kevin era enorme. Sentía un nudo en su interior. ¿Cómo podía decir Tracey que lo conocía?

—¡Si crees que yo lo robé, no sabes nada! ¡Nunca supe siquiera que la señorita Smith tuviera cinco libras!

Kevin estaba sentado en la cama, aferrando su radio de transistores. El radio seguía tocando. No con mucho volumen, pero sí con el suficiente, esperaban ellos, para cubrir sus voces y que su madre no oyera la discusión. Tracey se sentó a su lado, y le rodeó los hombros con un brazo para acabar con la tensión; pero Kevin se apartó. Ella respiraba ruidosamente.

—Vamos —dijo—, reconócelo. Mira: si devuelves el dinero no habrá pasado nada. La señorita Smith comprenderá.

El tono de Tracey era suave y conciliador, pero creció aún más el nudo que Kevin sentía en su interior. Debía reconocerlo, y la señorita Smith comprendería. Así pues, él debía atribuirse un delito que no había cometido, ¿eh? ¡Y escuchar eso de su propia hermana, que supuestamente confiaba en él!

De pronto, Kevin se arrojó en la cama. Se cubrió el rostro con las manos, y dio un grito ahogado.

—¡Ella no comprende! ¡Nadie comprende! ¡Yo no robé ningún dinero!

Tracey apartó las piernas de Kevin, y se puso en pie. Miró a Kevin con cierta compasión, y luego le tocó la espalda. Kevin se apartó furiosamente.

"Tal vez esté diciendo la verdad", pensó Tracey. "O tal vez no sepa hacer frente a lo que ha hecho. O tal vez..."

Tracey se encogió de hombros. Un gran cansancio la invadió. Se le antojó una taza de té.

—Más vale que te vayas a la cama —dijo—. Y piensa en lo que te he dicho.

Hizo una pausa.

—Piensa en lo que eso le hará a mamá.

A las 12.27, casi media hora después de la media noche, por fin tocaron la pieza solicitada por la familia Pelham. Kevin había esperado sentir emoción aún después de semanas de espera, mas los sombríos pensamientos que había tenido durante casi toda la noche lo hacían sentir vacío. Y sin embargo, cuando oyó la almibarada voz de Shaun Lambert leyendo la dedicatoria, Kevin lloró en la habitación oscura.

"El mismísimo Frank Sinatra", iba diciendo Lambert, "con una canción especial, muy especial para Kevin Pelham, padre. Y recuerde, Kevin, siempre lo esperarán con impaciencia su querida esposa Marion y su hijos Tracey y Kevin. El mensaje dice: Ven pronto, querido, todos te echamos de menos. El amor... puede ser tan solitario..."

Kevin apagó el radio, sintiéndose desesperado y confuso. Pensó en su madre, que era como un fantasma difuso, y cansado arrastrándose por el departamento en pantuflas, y que a veces lloraba sin disimularlo, frente a él. Pensó en Tracey, que lo acosaba y lo acosaba, pero que no le creía que él no había robado, aunque así fuera. Se imaginó a su padre, escuchando el mensaje en una celda. Eran cuatro, toda una familia, pero cada uno en distinta habitación, con sus distintas conchas, hechos para estar juntos pero total y enteramente solos. "Ven pronto, querido, todos te echamos de menos." Un mensaje de sencillo amor.

Pero si esto es culpa de alguien, todo esto, pensó Kevin, ¿tiene que ser de papá? Y si mamá y Tracey lo odian por eso, ¿cómo pueden también quererlo? ¿Por qué enviaron el mensaje? Y si creen que convirtió a "Kevin hijo" en un ladrón, ¿de veras quieren que regrese? ¿Algún día?

Se acomodó boca abajo, dobló su almohada, formando una "v", y con los lados se tapó las orejas. Aún así alcanzaba a oír el murmullo de la lluvia. ❖

Capítulo 6

❖ Kevin no fue a la escuela a la mañana siguiente, pero su hermana sí. Le volvió a hablar después del desayuno, y él volvió a negar toda participación en el robo. Casi lloró de rabia y de amargura.

Tracey aguardó en el estacionamiento para maestros. Sabía cuál era la marca del coche de la señorita Smith (Kevin se lo había dicho), pero no sabía de qué color era. Con sorpresa, vio que casi todos los maestros llegaban en autos de esa misma marca. Faltando veinte minutos para las nueve, la señorita Smith salió de uno de color gris plateado.

—Hola —dijo, al ver a Tracey—. ¿Qué pasa?

Tracey sonrió, un poco nerviosa. "Supongo que usted es lo que pasa", pensó. "Si hubiera usted cuidado mejor su dinero, nada de esto habría ocurrido."

—Nada, en realidad —contestó—. Se trata de nuestro Kevin. Hablé con él.

—¡Ah, qué bien! —dijo la señorita Smith, animada—. ¿Cómo lo tomó?

Tracey recordó la expresión concentrada y furiosa de Kevin.

Contestó indirectamente.

—Lo obligué a prometer que vendría a hablar con usted.

—¡Qué bien! —volvió a exclamar la señorita Smith.

A Tracey le pareció que también ella estaba nerviosa. Se miraron un momento, sin saber qué decir. Luego, la señorita Smith preguntó:

—¿Cómo lo tomó? Cuando sugeriste que... el dinero.

—Dice que no fue él —respondió Tracey.

Hizo una pausa, preguntándose hasta dónde debía hablar con franqueza.

—Se enojó muchísimo.

Ahora fue la maestra la que hizo pausa en la conversación. Del otro lado del patio una niña agitaba la mano. ¿Me está saludando a mí?, se preguntó Tracey. No la reconoció. Volvió la mirada a la señorita Smith.

—Ah —dijo la maestra, arrastrando la voz—. Y, bueno... ¿tú le crees?

"Eso es lo malo", pensó Tracey. "No lo sé." Miró su reloj. Detestaba todo aquello. La enfurecía que hubiese podido ocurrir. Pero habría sido demasiado fácil culpar de ello a la maestra. Porque Kevin...

—No sé —contestó, por fin—. La... la semana próxima es el cumpleaños de mamá. Tal vez Kevin pensara... No lo sé.

Cuando Tracey estaba en la escuela, la señorita Smith le simpatizaba. Se llevaban bien, no era una maestra estirada y altiva como tantas otras. Pero ahora había entre ellas una distancia que parecía ir agrandándose.

La señorita Smith dijo, pensando mucho cada palabra:

—Kevin... ya... este... ha robado antes, ¿no?

"Bien sabe que sí, por Dios." La propia Tracey lo mencionó en el café, la noche anterior, por si a la profesora se le había olvidado. ¿Por qué lo sacaba ahora a relucir, como un dato nuevo en una película policiaca? Eso irritó a Tracey.

—Ya lo sé —respondió—. Pero... se puso tan furioso. No sé qué pensar.

Pero la señorita Smith no estaba diciendo tonterías, ni tratando de anotarse un punto. Quizá estuviese tan desconcertada como Tracey. La ira de Tracey cedió al ver a la maestra cada vez más perpleja. Tracey miró su reloj. Tenía que irse. La señorita Smith lo comprendió.

—Ay —exclamó—. No sé qué pensar. Pero él vendrá a verme, ¿verdad?

Lo dijo con anhelo, como si aquello fuese a resolver todos los misterios. Tracey sonrió. Esperaba que así fuera.

—Sí —respondió.

En realidad, mientras Tracey salía corriendo por la puerta de la escuela, tratando de llegar a la tienda antes que su patrón, su hermano ya se hallaba en las cuevas. La segunda disputa por el dinero le confirmó sus pensamientos de la tarde y sus sueños de la noche: la escuela sólo servía para causar dolor. En pocas palabras, la señorita Smith podía irse al demonio. Y también su hermana...

Llegar a las cuevas no ofreció, como de costumbre, ninguna dificultad. Se dirigió a la entrada que había visitado la tarde anterior, se cercioró de que no había nadie vigilando, y sólo necesitó dos o tres minutos para despejar la entrada. El concejo municipal —o quien se encargase de guardar las cuevas— tapiaba regularmente los agujeros y las entradas, pero algunos meses antes Kevin y sus amigos vieron cómo reparaban aquella parte. Y cuando los albañiles se fueron, él, Buzz y Jenny tiraron de la reja de hierro hasta que se zafó del cemento fresco. Ahora, era fácil quitar los ladrillos y levantar la reja.

A solas en las cuevas, daba miedo, aun cuando Kevin hubiese estado allí dentro docenas de veces. Esta entrada era particularmente mala, porque la reja se hallaba al término de un túnel muy estrecho, como una especie de tubo excavado en la roca, que se hacía más y más oscuro conforme avanzaba Kevin arrastrándose. Rara vez llevaba una linterna que funcionara, pero podía prescindir de ella en algunos de los grandes túneles porque alternaban trechos iluminados y trechos oscuros. Pero los trechos negros, como éste, eran como boca de lobo.

Al salir arrastrándose del tubo y dar vuelta a la izquierda, Kevin vio el esperado chorro de luz a unos cincuenta metros. El suelo estaba bastante parejo, y así pudo alejarse de las tinieblas corriendo, sin temor a tropezar. Pocos momentos después se hallaba en una espaciosa sala, mirando hacia arriba.

Muy por encima de él se veía la grieta de la roca que dejaba entrar aire y luz. Su padre le había dicho que en un tiempo ese techo había sido sólido, a prueba de bombas o de cualquier otra cosa. Pero la roca se desplazó poco a poco, rompiéndose, y ahora las cuevas tenían trechos peligrosos. Allá arriba, entre los árboles y arbustos, donde la gente iba a pasear los domingos, las grietas estaban cubiertas con enormes rejas, por razones de seguridad. Pero de cuando en cuando, algún perrito caía por ahí, y moría. Una vez, Kevin encontró el cadáver de un perrito semidevorado por las ratas.

Se estremeció. ¿Qué había dicho el libro? ¿Trece grados constantes? Más cálido, sin duda, que el mundo exterior, pero aún hacía frío. Dio unos saltitos y gritó. El sonido fue inmediatamente acallado, como si hubiese gritado dentro de un montón de mantas. Eso le sugirió la idea de hacer algo. Iría a las salas del eco, a reírse un poco.

Lo malo era que no estaba de humor para reír. Por más que se esforzara mientras intentaba orientarse por los espaciosos y secos pasajes, no podía pensar más que en su discusión con Tracey, en la indignante acusación de que se había robado un dinero de la escuela.

—¿Por qué tengo que ser yo? —se dijo a sí mismo en voz alta—. No soy estúpido, ¿o sí? Yo sé que en la escuela sospechan siempre de mí. Tendría que estar loco.

En el silencio de las cuevas, completamente a solas, todo aquello parecía horrible, sin remedio. Pudo imaginar las miradas, en el cuarto de maestros, si él entrase. Y los maestros riéndose a sus espaldas. ¡Este Kevin Pelham ya volvió a las andadas! Y nada que él dijera podría hacerles cambiar de opinión. Estaba condenado.

Levantó la cabeza, en las tinieblas protectoras, apoyándose con la mano en la rasposa pared de piedra. Gritó:

—¡No es justo! ¡No es justo!

Un momento después le llegó el eco, resonante y distorsionado: "¡No es justo! ¡No es justo!"

Kevin siguió avanzando. Por alguna razón su propia voz, al volver a él, le pareció tranquilizadora. Se sintió menos solo. Se detuvo y volvió a gritar.

—¡Los odio a todos! ¡Los odio a todos!

Volvió resonando a él: "¡Los odio a todos! ¡Los odio a todos!"

—¡Un día les enseñaré!

—¡Un día les enseñaré!

Al tomar Kevin cautelosamente una curva vio adelante otro manchón de luz. Estaba en una cueva adonde él iba mucho, o donde había ido, antes de que Jenny y Buzz se opusieran a ir a las cuevas. Estaba llena de desechos de guerra, piezas de viejos motores, de muebles de metal para oficinas y de cabeceras rotas. No había nada en realidad interesante, pero ellos habían jugado con todo aquello, habían inventado juegos complicados con los desechos herrumbrosos, diciendo que aquél era su cuartel general, y que estaban dirigiendo una guerra nuclear desde un lugar subterráneo. Al menos, había sillas para sentarse. Kevin decidió descansar un poco, y pensar las cosas.

Por una vez, dentro de las cuevas Kevin no había pensado ni por un momento en el tesoro. Pese al nuevo mapa de la víspera, había ido allí para huir, no para explorar ni para soñar. Pero en cuanto pasó del negro agujero del túnel a la caverna apenas iluminada, notó algo diferente. Entre los desechos apilados había una forma que no reconoció, que no estaba allí antes. Alguien más había estado en las cuevas. ¡Y había dejado algo!

Kevin sacudió, nervioso, la cabeza, quitándose de los ojos su mechón de pelo. Avanzó entre aquellos bultos hacia el centro de la cueva, y se detuvo frente a una manta que en un tiempo fuera blanca, hoy gris. Bajo ella sobresalían unos objetos brillantes. Radios de automóvil, cajas de metal.

—¡Caray! —gritó Kevin.

De un tirón, apartó la manta, se inclinó y recogió un radio, después una alcancía de metal. La sacudió.

—¡Caray!— volvió a exclamar—. ¡Dinero!

Retiró más la manta, poniendo al descubierto un aparato de video, luego una caja registradora moderna, con botones de colores y un rollo de papel colgado enfrente. Había otra caja, grande, como una caja fuerte. Y docenas de radios para auto.

Kevin sintió que se le doblaban las rodillas. Miró a su alrededor, en busca de un bulto grande en que sentarse. Maravillado, contempló la pila de artículos robados.

—Es un tesoro enterrado —se dijo—. ¡Es un tesoro enterrado!

Respiró ruidosamente, sintiendo que le vibraba la boca del estómago.

—¡Por fin...! ❖

Capítulo 7

❖ AUNQUE Buzz y Jenny se dieron cuenta casi al comienzo de las clases de que faltaba Kevin, no empezaron a sospechar que pasaba algo raro hasta llegar el recreo de media mañana. Se hallaban en un rincón cerca del refectorio protegiéndose del viento cuando vieron a la señorita Smith recorriendo el patio, obviamente en busca de alguien. Jenny tuvo un presentimiento.

—Estará aquí dentro de un minuto —dijo a Buzz—. Vas a ver.

—Pero, ¿por qué? —preguntó Buzz—. Yo no he hecho nada.

—Te apuesto una libra —dijo Jenny—. Se lo veo en la cara. Soy adivina.

—Estás chiflada. La señorita Smith ni siquiera nos da clase.

—No —respondió Jenny—. Y tampoco le da clases a Kevin.

—¿Kevin? —dijo Buzz—. ¿Qué tiene él que ver con esto? ¡Ya sácate a Kevin de la cabeza!

Jenny sonrió misteriosamente.

—Espera y verás —dijo.

Un minuto después la maestra se les acercó. Con sus primeras palabras, hizo ganar la apuesta a Jenny.

—Hola. Ustedes son amigos de Kevin Pelham, ¿verdad? ¿Saben dónde está esta mañana?

Jenny no pudo contener la risa, y Buzz le dio un codazo. La señorita Smith aguardó. Podía hacerse cargo de la situación.

—No, señorita —dijo Jenny, cuando pudo hablar—. Lo siento, no tenemos la menor idea. Puede estar en cualquier parte.

—Pero ustedes lo habrían visto, ¿no? Digo, si estuviera en la escuela. ¿Acaso no vino?

Era probable que allí hubiera una trampa, y ellos no iban a hacer caer a Kevin en ella, por muy hábil que fuera la señorita Smith.

—No necesariamente, señorita —dijo Jenny—. Es decir, él no toma todas las mismas clases que nosotros.

Buzz decidió decir algo gracioso. Eso rompería el hielo.

—Pasa mucho tiempo en los excusados —dijo—. O allá en las cuevas.

Jenny le echó una mirada pulverizadora.

—Cállate —le dijo, en voz baja pero amenazadora. Buzz comprendió, y se sintió tonto. Se ruborizó bajo la mirada fija de la señorita Smith. Trató entonces de poner cara de tonto.

—No entiendo —dijo la señorita Smith—. ¿Las cuevas? ¿Qué quiere decir...?

—Buzz —dijo Buzz, haciendo gestos para indicar que su apodo era estúpido, porque él era estúpido—. No quiere decir nada. Lo siento. Es decir... bueno, es sólo el nombre que le damos a una parte de la escuela.

Si la señorita Smith le preguntaba qué parte era, él se vería en un lío. Pero ella pensó que sólo estaba haciéndose el gracioso. Lo miró fijamente, y luego se rindió.

—Bueno —exclamó—. Si no lo han visto, no lo han visto.

Se volvió entonces hacia la sensata Jenny.

—¿Hablaste con él ayer, Jenny?

Jenny asintió con la cabeza. Hasta ahí no había peligro.

—Sí, después de la escuela.

—Humm —hizo la señorita Smith—. ¿Y no…?

Se interrumpió, para pensar: —¿No te dijo…? Oh, no importa.

Mientras Buzz y Jenny la contemplaban, la maestra se ruborizó. Los dos pares de ojos —los negros de la niña, los extraños grises del muchacho— parecían penetrar en ella, burlones. La señorita Smith temió que si hablaba del dinero toda la escuela se enteraría en poco rato. Tenía que ser astuta, sagaz, hacer una pregunta realmente hábil. Empero, no sabía qué decir.

Literalmente, la salvó la campana. Por todas partes sonaron timbres y zumbadores y como por arte de magia Buzz y Jenny se fundieron en una masa de niños que corrían. La señorita Smith se oprimió contra la pared para dejar pasar aquel alud; se sintió exhausta. De pronto, notó que al lado había otro adulto. Tim Atkinson se acercó más, sonriente.

—Pareces aterrada —dijo—. Necesitas la protección de un hombre fuerte y valiente.

Ella rió.

—Llévame hasta mi siguiente clase —contestó—. Ya tuve mi dosis por hoy.

Mientras caminaban, el señor Atkinson preguntó por el misterio del dinero perdido.

—¿Ya se resolvió? —dijo—. ¿Sabes quién es el culpable?

La señorita Smith suspiró.

—No creo que haya ninguna duda sobre quién lo hizo —dijo—. Lo malo es que no sé que hacer. Ya tiene bastantes dificultades.

—Ah —exclamó el señor Atkinson—. Entonces, ¿ya está confirmado? Conque es ese malvado de Kevin Pelham.

La señorita Smith lo miró. El señor Atkinson le sonreía.

—No es cosa de broma, Tim. Es algo grave —dijo—. Hoy no ha venido a la escuela. Nadie sabe dónde está, y puede haber graves dificultades. Y todo por un billete de cinco libras...

—Sí —dijo Tim—. Es una lástima, ¿verdad? ¿Qué te parece si nos vemos esta noche y nos vamos a tomar una copa?

Mientras ellos hablaban, Kevin iba saliendo de las cuevas. Llevaba consigo un radio de automóvil —sólo uno— que había tomado del montón. El resto había vuelto a cubrirlo con la manta sucia.

Para llevarse lo demás necesitaría a Buzz y a Jenny. ❖

Capítulo 8

❖ COMO casi todas las ciudades, el lugar en que vivía Kevin tenía sus partes buenas y sus partes malas. Él no entendía la razón económica de que las mejores tiendas estuviesen en una parte y los sucios tendajones en otra, pero eso ciertamente facilitaba las cosas cuando se iba en busca de algo especial. Media hora después de descubrir el tesoro, se hallaba en una calle en que había utensilios de cocina y muebles baratos sobre las aceras. Al cabo de cinco minutos, estaba frente a una tienda de artículos usados. En el escaparate, junto con desportillados perros de porcelana y guitarras eléctricas de color violeta, se veían radios para automóvil.

Kevin sintió el peso bajo su chamarra y tragó saliva. Nunca había hecho algo semejante, y estaba nervioso. Pero la tienda se llamaba El Mercado de Paddy —lo que lo tranquilizó— y el letrero que corría por encima del escaparate decía: "Compramos, vendemos y cambiamos. No se rechaza ninguna oferta razonable." Parecía lo ideal. Kevin se armó de todo su valor, y penetró en la tienda. Al hacerlo, una anticuada campanilla emitió un solo sonido.

"Paddy" le dio la primera sorpresa, pues Kevin había esperado encontrar a un irlandés.* En cambio, se halló frente a un negro, con un mechón de pelo blanco y suéter de lana. ¿Podía haber irlandeses negros? No lo sabía. Sin embargo, su acento no era irlandés. Le recordaba a un locutor de televisión cuando simulaba hablar como anciano.

—Hola, muchacho —dijo Paddy—. ¿En qué puedo servirte?

Kevin tragó saliva.

—Este... ¿compra usted radios? Afuera dice...

Paddy asintió con la cabeza. Sonrió ligeramente, aunque su expresión no fuera muy amigable. Parecía estar observando con atención a Kevin.

—Así es, compro radios.

Kevin empezó a forcejear con su chamarra. Había pensado hablar fríamente, con toda calma de la venta, pero estaba vacilando. Ni siquiera podía sacar limpiamente el radio de su chamarra.

—Es... un radio de automóvil. Está en buen estado. Es casi nuevo —y lo tendió a Paddy. Las manos le temblaban un poco. Paddy lo miró fríamente a la cara, luego comenzó a examinar el aparato. Le dio vuelta varias veces.

Kevin ya no soportó el silencio, y habló:

—Vale mucho, pero necesito dinero —dijo—. Se lo dejo por cinco libras.

Aquello le pareció astuto de su parte porque había visto que los radios del escaparate costaban de diez libras para arriba. Sabía que un buen radio, al precio que él estaba pidiendo, sería difícil de rechazar. Se tranquilizó un poco. Miró unas bicicletas, apoyadas contra un sofá

* "Paddy" es el diminutivo de "Patrick", nombre común en Irlanda, pues San Patricio es su santo patrón. [T].

amarillo de patas largas y delgadas. Una de ellas era de carreras, con muchas velocidades. Tal vez pronto podría comprarse una.

—Es alemán —dijo Paddy—. De buena marca.

Le dio una vuelta más, y luego miró a Kevin. Seguía con la misma cara.

—¿Cinco libras? Eso es muy razonable.

Kevin quiso reír. La atmósfera empezaba a pesarle.

—Bueno —dijo, con todo descaro—. Ya no me sirve mucho. ¡Sin el coche!

—Así es —dijo Paddy, a secas.

Su mirada pareció hacerse más dura, aunque su voz no cambió.

—¿Y qué me dijiste que le pasó al coche?

Kevin dio un salto. No había pensado en eso.

—Se lo robaron —dijo—. Este... vivimos allá en los departamentos.

Eso debía bastar. Todos conocían los departamentos. Paddy asintió.

—Se robaron el coche y dejaron el radio —dijo—. Qué curioso.

Kevin sintió que lo invadía el pánico. Y que se ruborizaba.

—Bueno —dijo, desconcertado—. En realidad... más bien lo desarmaron. Ellos... mi papá... Bueno, mi papá va a comprar otro nuevo.

¡Cuánta estupidez! ¡Ni siquiera él se lo creía! Pero Paddy tomó otro punto de ataque. Sostuvo el radio con una mano, como pesándolo.

—¿Y te robaste el radio de tu papá?

—¡No! —gritó Kevin—. ¡Mi papá no está aquí! Está en Arabia, trabajando en las plataformas petroleras. ¡Es un buzo!

También eso sonaba falso, aun a sus oídos. Sonaba más falso que todo lo demás. Paddy meneó la cabeza.

—Entonces, ¿cómo lo conseguiste? —preguntó, sencillamente.

Furioso, Kevin trató de coger el radio. Paddy lo levantó por encima de él.

Su expresión se hizo más amable, pero más seria.

—Óyeme —dijo—. No quieres meterte en dificultades, ¿verdad? Uniforme de escuela, bonita corbata. Vender objetos robados es un delito grave.

—¡No lo robé!

Trató de coger el radio, pero Paddy volvió a levantarlo.

—Los radios de coches crecen en un árbol, cerca de aquí —dijo Paddy.

Se interrumpió y trató de sonreír, para ver si Kevin respondía. Estaba dándole un consejo. Pero Kevin siguió furioso. Estaba aterrorizado y no sabía qué hacer. ¡Aquel hombre no tenía derecho!

—Así que te lo encontraste —dijo Paddy, de nuevo con voz neutra—. También va contra la ley tomarlo. Robarse lo encontrado. ¿Nunca oíste eso?

—¡Démelo! —gritó Kevin—. ¡Usted me lo está robando! ¡Démelo!

El viejo suspiró. Devolvió el radio, sin decir palabra. Kevin lo tomó y se lo guardó en lo más profundo de su chamarra. Se volvió para irse.

—Ten un poco de sentido común —dijo Paddy—. Tíralo y vete a la escuela. Yo no diré nada. No te acusaré.

Kevin ya estaba ante la puerta. Se sentía aplastado. "Compramos, vendemos y cambiamos...", decía el letrero. ¡Y todo lo que aquel hombre le daba era un consejo no pedido, que sólo le hacía sentir confuso y humillado! Trató de mostrarse desafiante.

—¡Me lo dio mi padre! —gritó, frente a la modesta y polvorienta tienda—. ¡Para que tuviera un poco de dinero! ¡Es usted un estafador!

Cerró dando un portazo, y salió a la fría y húmeda luz del sol. Paddy se quedó adentro, en la penumbra, pensando.

A dos cuadras de allí, Kevin entró en otra tienda de artículos usados, después de ocultar su suéter y su corbata dentro de su chamarra. Una anciana simpática y respetable, envuelta en una chaqueta de pelo de borrego no regateó para nada con él. Le dio un billete de cinco libras y le dedicó una cansada sonrisa.

—Si puedes conseguir otros más —le dijo—, también me servirán. Nos vemos.

Ya afuera, Kevin suspiró de alivio. Luego abrió las manos y contempló el billete tan fácilmente ganado. ¡Después de tantas dificultades con el viejo Paddy! Cerró el puño y lo levantó en señal de triunfo.

—¡Hurra! —exclamó. ❖

Capítulo 9

❖ AL ACABAR las clases por la tarde, Jenny y Buzz —junto con todos los demás, salvo los más obtusos— se habían dado cuenta de que algo pasaba. Sin embargo, no sabían qué era, porque aun cuando circulaba toda clase de rumores, era difícil precisar hechos. Se decía que un niño había sido muerto por un camión, que una niña había huído de su casa, que en los laboratorios de la escuela habían hecho gases venenosos... las tonterías de siempre.

Fuese cual fuese la verdad, Jenny temía que Kevin estuviese metido en ello, sobre todo cuando oyó decir que cien libras habían desaparecido de la oficina del director. Por pura lealtad, trató de no pensar en eso. Sin embargo, no podía olvidar aquel extraño encuentro con la señorita Smith.

—Tal vez Kevin esté enfermo —le dijo a Buzz, mientras recorrían las calles azotadas por el viento, tras la hora de la salida.

Buzz rió. Levantó más su mochila sobre el hombro.

—Querrás decir enfermo de la escuela —replicó—. Harto de los profesores. No está tan loco como le gusta aparentar. Ojalá me hubiese quedado en casa yo.

Jenny insistió. Sabía que Buzz no se preocuparía, le pasase lo que le pasase a su amigo. Muy pocas cosas preocupaban a Buzz.

—Creo que debemos ir a verlo —dijo—. Dar una vuelta por los departamentos y verlo.

—Detesto esos departamentos —respondió Buzz—. Con todas esas escaleras.

—Podemos tomar el ascensor —dijo Jenny, esperanzada.

Buzz produjo un ruido despectivo.

—Eso si está funcionando, lo que no es muy probable.

Jenny dejó el tema, porque supuso que Buzz pronto hablaría de la madre de Kevin. Podía ser muy brutal al hablar de ella, y esto la escandalizaba. Los padres de Jenny le habían explicado que la señora Pelham no estaba muy bien, que no siempre podía hacer frente a las dificultades de la vida, y Jenny lo comprendió. Pero Buzz no se molestaría en tratar de comprender, y tampoco sus padres. Esas cosas, al parecer, no les interesaban.

Caminaron en silencio durante un rato, mientras Jenny pensaba en las circunstancias de la desaparición de Kevin. Tal vez debiera ella liberarse de Buzz y buscarlo por su cuenta. De pronto, se sobresaltó. Ahí estaba Kevin, en la entrada de un callejón, a unos metros, con una amplia sonrisa. Jenny dio un codazo a Buzz, quien al ver a Kevin volvió a burlarse.

—¡El enfermito! —exclamó—. ¡De pinta otra vez! Eres un poco crédula, ¿verdad, Jen?

—¡Kevin! —gritó Jenny—. ¡Tonto! ¿Dónde te habías metido?

—Creíamos que te había atropellado un camión —añadió Buzz,

sarcásticamente—. Íbamos a poner una corona de flores en tu lápida. Vas a meterte en dificultades. Si yo estuviera en tu lugar, faltaría a la escuela un mes.

El rostro de Kevin estaba radiante.

—Óiganme —empezó a decir.

Luego se interrumpió. Frente a él, avanzando por la calle, iba el auto de la señorita Smith. Ya los había pasado pero al ver a Kevin metió bruscamente el freno, hizo sonar el cláxon y agitó una mano, mirando por encima del hombro. Se inclinó a través del asiento, tratando de abrir la otra ventanilla.

—¡Oh, diablos! —exclamó Kevin, y corrió hacia el callejón, intentando cubrirse la cara.

—¡Kevin! —se oyó la voz de la señorita Smith, desde el pequeño auto—. ¡Kevin Pelham!

—¡Pronto! —susurró Kevin a sus amigos—. ¡Por aquí!

—¡Vas a meternos en líos! —dijo Jenny.

El automóvil, de color gris plateado, estaba retrocediendo.

—¡Vamos! —dijo Kevin—. ¡Tengo que hablarles!

—¡Kevin! —ordenó la señorita Smith—. ¡Ven aquí!

Kevin tiraba del brazo de Jenny. Ella y Buzz se resistían.

—Tengo algo que enseñarles —dijo—. Les invito un refresco. ¡Vamos!

La portezuela del auto se abrió con violencia, y la señorita Smith salió, dificultosamente.

—¡Kevin! ¡Jennifer!

Kevin comprendió que no podía esperar más. Soltó el brazo de Jenny y echó a correr por el callejón. Sobre el hombro gritó, lo más fuertemente que se atrevió:

—¡Tengo dinero!

"Santo Dios", pensó Jenny, "¿de modo que eso es? ¡Para eso te buscaba la señorita Smith! ¡Para eso está tratando de hacer de Mujer Maravilla para salir del coche!"

La señorita Smith logró salir del asiento y dejó la portezuela abierta. Ya estaba sobre el pavimento, dispuesta a correr. Jenny, sintiéndose afligida y frustrada, miró a Buzz y luego a Kevin, que ya iba desapareciendo. Meneó la cabeza. Luego, ella y Buzz echaron a correr.

También la señorita Smith corrió, pero sólo hasta la entrada del callejón. Recordó entonces su dignidad de maestra... y también que había dejado pegadas las llaves del auto. Alcanzó a ver cómo los muchachos se perdían de vista.

—Maldita sea —murmuró. ❖

Capítulo 10

❖ Buzz y Jenny estaban demasiado concentrados en correr para poder decirle algo a Kevin, o para discutir con él. Mientra corrían, él les lanzó un par de frases por encima del hombro, pero jadeaba tanto que casi no se entendieron. Ellos se sorprendieron de que no los llevara a una entrada de las cuevas. Después de cruzar el camino que conducía a los bosques, tropezando durante un rato entre los arbustos, llegaron a una depresión que había en el suelo, un lugar hueco, cubierto de leña y de hojas secas. Kevin se arrojó de bruces sobre un tronco, y Jenny y Buzz se sentaron, con más calma.

—Muy bien —dijo Kevin, cuando hubo recobrado el aliento—. Dinero. Dije que encontraría un tesoro, y lo encontré. Miren.

Metió con fuerza la mano en el bolsillo de sus pantalones y mostró, triunfante, la palma cubierta de monedas. Para su sorpresa, ni Buzz ni Jenny parecieron impresionados.

—La gran cosa —dijo Buzz—. ¿Qué vas a comprar con eso? ¿Una casa de campo?

—Es dinero, ¿no? —preguntó Kevin, ofendido—. Y esto es sólo el principio. Calculo que debe haber... oh... miles.

Jenny rió, pero sin gusto.

—Vamos, Kevin —dijo—. Ya sabemos de dónde sacaste el dinero. Y no fue ningún tesoro.

—Como de costumbre —añadió Buzz.

Kevin se levantó. ¿Qué se traían esos dos?

—No sé de qué me hablan —dijo—. Yo encontré las cosas, y vendí una parte y me dieron cinco libras. ¿Qué saben ustedes de eso?

—Cinco libras —dijo Jenny—. Esa fue la cantidad, ¿eh?

—¿Qué quieren decir? —preguntó Kevin—. ¿Cuál cantidad?

Buzz puso una cara de infinita paciencia. Como si estuviera hablando con un retrasado mental.

—La señorita Smith está persiguiéndote —dijo—. ¿O no?

—¿Y eso qué tiene que ver?

—Entonces, ¿por qué está persiguiéndote?

Kevin empezaba a comprender. Se sintió asqueado. No era posible que la señorita Smith anduviera por ahí, contándoles sus sospechas a todos. ¿O sería?

—¿Cómo voy a saberlo? —dijo, malhumorado—. Es una maestra, y todos los maestros están locos.

La cara de Buzz lo decía todo. Era pura burla.

—Oh —dijo—. No vale la pena hablar contigo. ¿A quién crees que estás engañando?

—Kev —dijo Jenny, tratando de hacer que viera la razón—. Ella nos habló esta mañana. Corren rumores. Alguien se robó un dinero, ¿verdad? De la escuela.

—Tú —dijo Buzz.

Kevin sintió tal frío que no perdió la paciencia. Asqueado pero tranquilo, empezó a patear lentamente las hojas secas y las ramitas que había en el centro de la sima. Los otros lo miraron un poco desconcertados.

—Primero mi hermana y ahora los que yo creía mis amigos —dijo—. Bueno, no voy a discutir. No robé ningún dinero. Hace mil años que dejé de robar cosas. Es una estupidez.

—Así es —respondió Buzz, con toda calma—. Y tú eres un estúpido.

—Como ustedes quieran —dijo Kevin, pateando hojas—. Pero les digo que encontré lo que todo el tiempo estaba buscando. Como dije que lo encontraría. De ahí saqué el dinero.

—Kevin... —empezó a decir Jenny.

Kevin le daba lástima. Otra vez en las nubes, ¿verdad? Peor que nunca.

Kevin estaba de rodillas, excavando y apartando hojas con ambas manos. Con cierta sorpresa, Jenny pudo ver semienterrado algo de metal, opaco y herrumbroso. Como la tapa de una alcantarilla.

—Pero si no me creen —dijo Kevin, sonriéndoles ferozmente—, sólo hay una manera de comprobarlo, ¿verdad?

¡Aquello sí era la tapa de una alcantarilla! Con un amplio movimiento del brazo, Kevin la abrió.

—¡Vengan y miren! —les dijo.

Le encantó ver sus caras. Estaban pasmados. Y aún más lo estuvieron cuando él metió la mano en el agujero y levantó un pedazo de cuerda anudada para mostrarles. Estaba atada en la punta, y descendía en la oscuridad.

—Eh, Kev —dijo al fin Buzz—. ¿Cuándo encontraste esto?

—Les dije ayer, ¿verdad? El nuevo mapa de la señora Waring. Me pasé el día explorando. Saqué la cuerda del basurero municipal. Es bastante fuerte.

Se sentó entonces en el borde del agujero, con las piernas colgando, y se preparó a descender. Estaba encantado de sí mismo.

—Pero... es decir —tartamudeó Jenny—. En serio, Kev, ¿no has encontrado nada, verdad?

Con una amplia sonrisa, Kevin empezó a bajar.

—No es muy profundo —dijo, riendo—. Sólo seis o siete metros. Los esperaré allá abajo.

Y desapareció.

En la panadería de McCall, Tracey vacilaba entre la ira y la desesperanza. Ira porque Kevin había desafiado su autoridad y simplemente no había ido a la escuela. Desesperanza porque al parecer ya no había duda de que él había robado el dinero de la señorita Smith. Ahora, la maestra estaba ante ella, del otro lado del mostrador. Ambas estaban tensas.

—Lo siento, Tracey —dijo la señorita Smith—. Pero eso es lo que vi. Se encontró con ellos a cien metros de la escuela, no hace mucho rato. Supongo que se pasará el resto del día gastando mi dinero.

—Entonces —dijo Tracey, en voz baja—, ¿va usted a llamar a la policía?

La señorita Smith se sobresaltó.

—¡Santos cielos, no! —dijo.

Luego reflexionó un momento.

—Bueno, ciertamente creo que no. Tal vez cuando lo diga al director. Supongo que lo anunciaremos y entonces...

Tracey la interrumpió sarcástica:

—¿Alguien confesará?

Hubo una pausa. La señorita Smith se ruborizó un poco. Luego negó enérgicamente con la cabeza.

—Creí que debía enterarte de las cosas, eso es todo —dijo—. Ahora viene el fin de semana. No pasará nada hasta el lunes. Al menos, no por mi parte. Te dejo trabajar.

Antes de irse se acordó de algo.

—Tracey, ¿sabes qué quieren decir con "las cuevas"?

Tracey lo sabía. Estaba enterada de todo aquello de las cuevas, pero no iba a revelar nada.

—¿Las cuevas? —preguntó—. ¿Por qué?

—Es sólo que... bueno, ese muchacho las mencionó, Buzz. Así le dicen, ¿no? ¿Te suenan?

—No —respondió Tracey—. Nunca oí hablar de eso. Tal vez sea un chiste. Eso es muy de Buzz. Nunca se puede saber cuándo habla en broma.

La señorita Smith quedó convencida. Embonaba bien en el cuadro general. Recordó aquellos burlones ojos grises. Algún chiste estúpido.

Una vez que la señorita Smith se fue, Tracey miró el reloj. Aún le faltaba más de una hora para terminar el trabajo del día. Ansiaba irse a buscar a Kevin, tomarlo de los hombros y arrancarle la verdad. Pero ella era la única de toda la familia que ganaba un salario. Era la única proveedora. No tenía salida.

Sin embargo, su cerebro trabajaba furiosamente. Se estaba llenando de angustia. Primero, el dinero; ahora, también las cuevas. Aquello podía volverse grave. ❖

Capítulo 11

❖ POR LA mañana, al tomar el primer radio, Kevin tuvo un momento de duda sobre si aquello estaba bien o mal, pero se libró de ella mediante el sencillo procedimiento de dejarse llevar por la emoción, por la sensación de estar haciendo algo peligroso y audaz. En todo caso, se dijo a sí mismo, estaba haciéndolo por su madre; aparte de un refresco y de una hamburgesa, todo el dinero sería para ella.

Abajo en la cámara del tesoro, con Buzz y Jenny, las pocas dudas que pudiese tener fueron borradas por la emoción de probarles que estaban equivocados, y por la forma en que respondió Buzz. Apretó los botones del aparato de video, hizo juegos malabares con radios de automóvil, y golpeó repetidas veces una minúscula alcancía de metal con una roca, intentando abrirla. Daba risa.

—¡Es inútil, Kev! —gritó Buzz, después de casi romperse las manos—. Necesitaríamos una sierra eléctrica, o algo así.

Kevin recogió la caja abollada y la agitó. Era pesada, y algo sonaba dentro.

—Tendremos que llevárnosla —dijo—. Tu papá tiene un taller, ¿no, Jenny?

Jenny les dedicó una mirada furiosa.

—Estúpidos —les dijo—. ¿No saben que me mataría?

—¿Qué? —preguntó Buzz, en voz muy alta—. ¿Por qué?

Jenny meneó la cabeza, impaciente.

—Dejen de gritar —dijo—. Me están causando dolor de cabeza. Saben perfectamente por qué. Son cosas robadas.

Kevin se acordó de Paddy, el negro de la tienda de objetos usados. Pero borró de su mente la imagen.

—Pero nosotros no las robamos —murmuró.

—Alguien más las robó —dijo Jenny—. No son nuestras. Papá se pondría furioso.

Buzz no quiso saber nada de eso. Estaba exultante. Con desdén tiró al suelo la caja de metal.

—Bah —exclamó—. Eso es típico. Sólo tienes miedo, Jen, puro miedo. De todos modos, hay que olvidarnos de esa caja. Kevin, pásame mi mochila. Para esta noche, nos llevaremos un par de radios más. Nos llevaremos los demás por la mañana, el sábado. ¡Tendremos todo el día!

Jenny no comentó nada, y de mala gana dio su consentimiento cuando convinieron cuándo y dónde reunirse a la mañana siguiente. Pero habló muy poco mientras se orientaban hacia una salida y salían arrastrándose, a la cegadora luz del sol. Como se estaba haciendo tarde, no trataron de subir por la cuerda. Ni siquiera se molestaron en pasar por el bosque ni en volver a poner la tapa en su lugar. Para cuando llegaron a las tiendas, ya era de noche.

Kevin sabía que Jenny estaba de mal humor, y se sintió herido. No deseaba pensar muy claramente sobre lo que iban a hacer, y no quería perder la emoción y el triunfo del día.

Por fortuna, Buzz seguía excitado, casi incontenible.

—¡Miren todo eso! —exclamó, señalando los escaparates iluminados de una gran tienda de departamentos—. ¿Qué piensas, Jan? ¿Qué vas a comprar con tu parte?

Kevin contempló el escaparate y vio todo un despliegue de cosméticos y artículos de tocador.

—Perfume— dijo—. Eso es lo que debo llevar a mamá. Le gusta el perfume. ¿Qué piensas tú, Jen? —continuó; tratando de hacerle hablar—. ¿Cuál es la mejor marca?

—¿La mejor?—preguntó Jenny—. ¿Cómo voy a saberlo?

Kevin quedó desconcertado. Bueno, si Jenny quería seguir de mal humor, allá ella. Oprimió el rostro contra el cristal del escaparate.

—La semana próxima será su cumpleaños —dijo Buzz—. Quiero comprarle algo bonito. Pero esto es caro ¿no?

Lo era, un frasco minúsculo costaba más de veinte libras. En cambio, los grandes eran más baratos, lo que extraño mucho a los niños.

—¿Cuánto conseguiremos?— preguntó Buzz, uniéndose a ellos ante el escaparate—. Quiero decir, por los radios.

—Cinco libras por cada uno —dijo Kevin—. Hay una tiendecita allá en Stone Street. La señora dijo que aceptaría todos los que le llevara.

Buzz acarició su mochila.

—Cinco por cada uno —susurró—. Eso hace diez en total.

Exhaló con fuerza.

—¡Eso da tres libras punto treinta y tres, tres, tres! ¡Soy un genio de aritmética!

—Sí —dijo Kevin, que no sabía que existían los decimales—. Y a mí todavía me quedan casi tres libras del primero. Somos ricos.

Buzz apartó la mirada de los cosméticos. Si Kevin quería perfumes, allá él. Los perfumes no le interesaban.

—Yo voy a comprarme una literna —dijo—. De los desechos del ejército. Con rayo de doscientos metros. Bueno, vámonos de aquí.

—Kev... —dijo, deteniéndose, con la mirada baja.

Kev se detuvo.

—¿Sí?

—Yo no quiero mi parte.

—¿Qué? —dijo Buzz—. ¿Estás…?

—Estás bromeando —dijo. Pero en realidad, aquello no le sorprendió.

—¿Qué es eso, Jenny? —preguntó Buzz—. ¿Estas chiflada?

Jenny se encogió de hombros. Estaba mirando al suelo.

—Es sólo que... —empezó a decir—. Miren, yo... miren, quédate con mi parte, Kevin. Para comprar el perfume. Yo me voy a casa. Nos veremos en la mañana. En el lugar y a la hora que dijimos, ¿de acuerdo?

Hubo un silencio. Todos sentían embarazo.

—¿De acuerdo? —repitió Jenny.

—Sí —dijo Kevin.

Pero Kevin pensó que no apostaría un centavo a que Jenny se presentara. ❖

Capítulo 12

❖ KEVIN compró el perfume: un gran frasco de agua de Colonia, que le pareció que sería más útil para su madre que los pequeños y caros, y logró meterlo sin ser visto en su propio dormitorio.

Silenciosamente, abrió la puerta del frente, avanzó de puntillas por el corredor y entró en su habitación, sin tener que encender ni una sola luz. Al pasar ante la puerta, Tracey lo llamó por su nombre, pero cuando abrió la puerta, un minuto después, el corredor estaba vacío. Kevin se apretaba contra la pared de su habitación, conteniendo la respiración.

Al retirarse Tracey, Kevin cerró su puerta en silencio, y encendió la luz. No necesitó mucho tiempo para pensar en un escondrijo. Había allí un armario empotrado, alto, con un remate de madera que ya le había servido antes. Pasó el dedo por detrás del remate, y lo retiró cubierto de polvo. Nadie hacía limpieza muy a menudo allá arriba. Colocó allí la loción, con sumo cuidado. Estaría segura hasta la semana siguiente. Tal vez para entonces su hermana habría olvidado todos aquellos chismes.

Kevin se preparó, con toda su fuerza de voluntad, para ir a la sala. ¿Qué iría a decirle Tracey? Esperaba que ante su mamá no le dijera nada. Tracey siempre se preocupaba por su madre. De puntillas avanzó por el comedor, abrió suavemente la puerta principal y luego la cerró de un portazo, como si acabara de llegar. Treinta segundos después, estaba en la sala, pidiendo una taza de té…

Como era de esperar, Tracey no tocó la cuestión del dinero robado, ni de su ausencia de la escuela. En realidad, habló con tal tacto que para cuando Kevin se fue a su dormitorio a haraganear, casi había olvidado que ésta era una amenaza. Estaba escuchando la radio, y llenando con mayor detalle los nuevos pasajes y salidas de su mapa, cuando se abrió la puerta, y apareció Tracey. Habló directamente.

—¿Por qué no fuiste a la escuela? —dijo—. Y apaga ese radio.

Kevin lo aferró, como buscando protección.

Su hermana avanzó hacia él y le arrebató el radio de las manos. Lo apagó, sin apartar la mirada de Kevin.

—¿Crees que soy tonta, o qué? —preguntó—. Volví a hablar con la señorita Smith. No sólo no fuiste a la escuela, sino que ella te vio después. Con Jenny y Buzz.

—¿Y eso? —dijo Kevin.

Algo de la vieja cólera volvió a surgir en él, viéndose acusado de un robo que no había cometido.

—Eso no significa que yo robara algo, ¿verdad? ¿Y de mis dos amigos, qué me dices? ¿También ellos son ladrones? ¿Eh?

Tracey no se desconcertó.

—No tengo ni la menor idea —dijo, cortante—. Y ellos no me interesan. Me interesas tú. Terminarás como tu padre si no tienes cuidado. Terminarás en la cárcel.

Kevin se encogió. Le enfurecía que Tracey hablara de su padre. Era emplearlo como arma contra él. Además de todo, lo obligaba a defender su nombre.

—Bueno —respondió.

Lo dijo en voz baja, casi en un susurro, porque eso lo avergonzaba.

—Bueno, a papá le tendieron una trampa, ¿no? Sólo robó para ayudar a los pobres.

Tracey lo miró con la boca abierta, sinceramente asombrada.

—¿Papá? —preguntó—. ¿A cuáles pobres? ¿A quiénes crees que les dio el dinero?

Kevin tenía un desarrollado sentido del ridículo. Le pareció que estaba diciendo estupideces. Sin embargo, no había otra salida.

Dijo, desafiante:

—¡A nosotros! ¡Éramos pobres y lo somos todavía! Yo no tengo nada para gastar, ¿verdad? Y mamá no tiene ni un abrigo decente.

La expresión de Tracey cambió.

—Oh, Kevin —exclamó.

Su voz era afectuosa, y hablaba con cuidado.

—Claro que éramos pobres. Somos pobres. Pero papá no es Robin Hood, Kevin. Créeme, papá es un... ladrón vulgar.

—¡No! —gritó Kevin, y se lanzó contra Tracey, apretando los puños.

Estaba dispuesto a molerla a golpes. Ella lo tomó por las muñecas para defenderse.

—¡No lo es! ¡No lo es! ¡Tú no... no lo toleras, eso es todo! ¡No puedes decir eso de papá!

Por alguna razón, Kevin no pudo decir "no lo quieres". Eso había querido decir, mas le fue imposible. Pero Tracey lo aprovechó.

—Desde luego que lo tolero, Kevin —dijo—. Y lo quiero. Pero tienes que reconocerlo: papá es un ladrón. Y tú no seguirás sus pasos si yo puedo evitarlo.

Kevin estaba a punto de llorar. A veces, sí veía a su padre como una especie de Robin Hood, y más que nada le dolía que su madre y su hermana no le dieran crédito y sólo lo censuraran por lo que había hecho. No parecían comprender la simpatía de aquel hombre, ni lo grande que era. Tampoco parecían comprender que tal vez se había visto obligado a robar, que había tenido que hacerlo, porque era padre de familia. Kevin no conocía los detalles, pero sabía que su familia estaba siendo atacada. Su padre no conseguía empleo, la policía siempre estaba acosándolo, y ellos ni siquiera tenían siempre luz eléctrica. Papá era el jefe y tenía que mantenerlos. Era obvio, aquel era su deber. Pero Tracey y su madre no comprendían.

Sin embargo, cuando su hermana le rodeó los hombros con el brazo, todo lo que Kevin supo decir fue:

—¡Oh, Tracey, no es justo, no es justo! No he robado nada, palabra. ¡No he robado nada!

Por la puerta de su habitación, su madre le oyó llorar, y notó su voz angustiada. Con rostro cetrino y los ojos cerrados, se tocó la frente. Luego volvió a fijarse en la televisión.

—Kev —dijo Tracey suavemente a Kevin que se cubría el rostro con las manos—. Kev, no sé qué hacer. Papá le hizo esto a mamá. A mí y a mamá. Jura que se ha enmendado y nosotros le creemos. Y entonces tocan a la puerta. Y llegan a aprehenderlo. Y sólo podemos llorar. Una vez más.

Había hablado muy lenta y claramente. Lo que aquello quería decir, como bien lo sabía Kevin, era que Tracey no confiaba en él. Por mucho que dijera la verdad, ella no podía creerle por si estuviera mintiendo, como su padre. Pero él no estaba mintiendo. No era justo. Por fin, Kevin rompió el silencio.

—Nunca robé ese dinero de la escuela, Tracey. Lo juro por lo que tú quieras.

Tracey replicó, duramente:

—Ya no te pregunto nada. No quiero oír más mentiras. Si tomaste algo, devuélvelo. ¿Entendido?

—Pero no tomé nada —dijo Kevin.

Sollozó una última vez y luego se enjugó las lágrimas con la manga.

—Y deja también las viejas cuevas —dijo Tracey.

Tracey notó que el cuerpo de Kevin se ponía tenso, y supo que había tocado un punto débil.

—La señorita Smith cree que allí estuviste hoy.

Ésa era la oportunidad de Kevin. Era la prueba. Todo lo que tenía que hacer era reconocer que había estado jugando allí, que había roto las reglas. No necesitaba decir más, no tenía que revelar el tesoro secreto. Y Tracey quedaría satisfecha y hasta creería las otras cosas, o al menos empezaría a creerlas.

Pero no pudo hacerlo. Aquello no le venía a la boca. Había demasiado en juego. Dijo, compungido:

—Todas están tapiadas. Los del concejo municipal siempre andan por allí.

Tracey le dio otra oportunidad más:

—Son peligrosas —dijo—. Si has estado yendo a jugar, deja de ir allí. No estoy preguntándote si vas, estoy diciéndote que no vayas. Por todos nosotros, ¿entiendes?

Desde luego, ella estaba preguntándole. Ambos lo sabían. Kevin apartó la cabeza.

—¿Entiendes? —repitió Tracey con voz más dura.

—El concejo municipal las mandó tapiar. Son…

Tracey se levantó, de pronto. Parecía asqueada. Pensó que Kevin se portaba exactamente como antes. Mintiendo solapadamente.

—Buenas noches, Kevin —dijo con voz helada—. Piensa en eso, ¿eh? Y en mamá.

Abrió la puerta. Después que la cerró tras de sí, habló Kevin:

—Sí —dijo, con voz ahogada por la emoción.

Tracey no sabía cuán difícil era aquello, cuán complicado. La verdad… ❖

Capítulo 13

❖ MUCHO tiempo después de que Tracey hubo salido, Kevin seguía sentado, contemplando el mapa frente a él, con ojos que casi no veían. El mapa estaba arrugado, pues Tracey se había sentado encima pero Kevin no lo notó. Sus pensamientos giraban como un torbellino.

Ante todo, se sentía acosado. Se habían complicado sus sencillos sueños de encontrar algo valioso y de ayudar a su madre y de facilitarles las cosas a todos. La reacción de Jenny, la del viejo allá en la tienda, la insistencia de su hermana en que él había robado un dinero del que él no sabía nada… Los pensamientos giraban como abejas en su cabeza. No podía precisarlos.

Desde luego, Kevin deseaba creer que el tesoro que había en la cueva era legítimamente suyo, aunque tenía que ser robado. De él, de Buzz y de Jenny para hacer con él lo que quisieran. Se concentraba y luchaba con las ideas, y las ordenaba y analizaba, hasta que le dolió la cabeza.

Las cosas eran así: si el material era robado —que sí lo era—,

¿cómo podía empeorar las cosas el hecho de que Kevin lo hubiese descubierto? Las personas a quienes se lo hubiesen robado no iban a recuperarlo de ningún modo, y probablemente estaba asegurado. Era bueno que los ladrones lo perdieran, porque obviamente no merecían nada, y en cambio Kevin y su familia estaban urgentemente necesitados. ¿Qué podía ser mejor a que se beneficiaran los que habían descubierto las cosas robadas? Muy lógico...

Lo peliagudo venía cuando Kevin deseaba adivinar lo que hubiera dicho su padre. Kevin casi sabía que su padre habría dicho que los bienes les pertenecían a ellos. Ésa era la falla fatal...

Cuando se desnudó para meterse en la cama, estaba exhausto. Pero aún no tenía una respuesta clara. Sus últimos pensamientos, antes de dormirse, fueron sobre lo que antes le dijera su hermana. Ni siquiera estaba seguro de qué le dolía más: lo que ella dijo acerca de su padre o el hecho de mentir diciendo que no había ido a las cuevas.

A la mañana siguiente, ya tarde, después de hacer algunos encargos, Kevin vagabundeó por las calles heladas, y luego avanzó hacia los arbustos y las cuevas. A su alrededor la gente disfrutaba del sábado: unos iban de compras, otros habían sacado a pasear al perro o a los niños, otros simplemente haraganeaban, tratando de notar en el aire alguna señal de la primavera. Mas para Kevin se había desvanecido toda la exaltación de la tarde de la víspera. Allí mismo, bajo sus pies, ocultas y a salvo había cosas aguardando a que él las sacara y convirtiera en dinero. Pero había ocurrido como en aquel cuento de hadas. El oro se había transformado en basura.

Ya estaba ahí Buzz. Al ascender Kevin por la empinada colina hacia la nueva alcantarilla, vio su lanuda cabeza y luego sus ojos, espiando sobre el parapeto. Buzz estaba señalándole algo, algo redondo y metálico. Produjo un "clic", y una luz iluminó el rostro de Kevin, brillante aun en la pálida luz del día. Era una enorme linterna: el fruto de la venta de los radios.

—Apágala —ordenó Kevin, malhumorado—. Se van a gastar las pilas.

Buzz la apagó y se dejó caer, rodando hasta el hueco herboso donde estaba su mochila al lado de la tapa de la entrada.

—Pasé por Jenny —dijo, mientras Kevin descendía hasta llegar a su lado—. No estaba en casa. Su mamá le mandó a hacer unas compras.

—Bueno —dijo Kevin—. ¿Qué hora es?

Buzz se lo dijo. Habían pasado ya diez minutos de la hora de la cita. Permanecieron un rato sentados, en silencio. Ni siquiera Buzz parecía muy animado. Por último, habló:

—Kev —dijo.

Kevin lo miró.

—¿Qué?

—Crees… bueno. ¿Crees que Jenny vendrá?

"No vendrá", pensó. Estaba seguro. Pero no quería reconocerlo.

—¿Por qué no habría de venir?

—Mmm —hizo Buzz—. No, no hay ninguna razón.

Kevin empezaba a hartarse. Sintió que esto era culpa de Jenny. Como tenían que esperarla, no podían estar en las cuevas recogiendo radios alegremente, sin pensamientos sombríos y difíciles. Era culpa de ella. De ella y de Tracey. Mujeres. Habló entonces, con vivacidad, en el mismo momento en que empezaba a hablar Buzz:

—Kevin…

—Buzz...

Ambos rieron. Kevin, como un mayordomo de película, extendió la palma de la mano.

—Después de ti —dijo con cortesía exagerada. Buzz vaciló.

—Vamos, Buzz, ¿por qué crees que no vendrá? Dilo francamente.

Buzz contempló su linterna, apartando de Kevin la mirada.

—Me llamó por teléfono anoche —dijo—. Dice que esto parece robo.

—¿Ah sí? —profirió Kevin.

Buzz y Jenny tenían teléfono, pero no él. Y a veces lo resentía.

—Dice que podríamos meternos en líos con la policía —prosiguió Buzz.

El resentimiento dominaba ya a Kevin. Y Buzz, supuso Kevin, estaba de acuerdo con ella. También él podía salirse.

Pero Buzz le adivinó el pensamiento.

—¡No! —exclamó—. ¡Yo no me acobardo! Yo estoy contigo. Y Jenny...

Kevin lo interrumpió.

—Lo de Jenny está resuelto. Ella queda fuera. Vamos.

Pero al decir esto, Kevin se sintió en ridículo. Porque la voz de Jenny le llegó desde lo alto de la colina boscosa.

—¡Kevin! ¡Buzz!

Kevin tuvo que reír. Con los dedos formó una pistola y se dio un tiro en la sien.

—¿Quién me mandó abrir la boca? —dijo.

Jenny, en contraste con el día anterior, venía vestida para la faena. Traía pantalones de mezclilla, una vieja chamarra y botas de caucho.

Llevaba en la mano una pala plegadiza, del ejército. Venía corriendo entre los matorrales.

—Vaya sorpresa —le dijo Buzz—. Creí que te habías echado atrás.

—¿Qué quieres decir? —preguntó Jenny belicosa—. Dije que vendría. Convinimos la hora y el lugar cuando estábamos en las tiendas.

—Sí —dijo Buzz—, pero...

Kevin los interrumpió. No tenía objeto una pelea.

—¿De dónde sacaste eso? —preguntó, señalando la pala.

—Es para excavar —dijo Jenny, mostrándola—. Buena, ¿verdad? Se la pedí a mi hermano. Kevin...

—¿Sí?

—Mira, acerca del botín... Yo... bueno, tengo una idea brillante.

Buzz cacareó como gallina.

—¡Ya salió! ¡Gallina! ¡Sabía que eso eras!

—¡No! ¡No soy gallina! Tengo una buenísima idea. Miren... bajemos. ¡Ahora mismo!

Jenny avanzó hacia la tapa abierta, y miró hacia abajo. Luego sostuvo la pala frente a ella y la dejó caer. La oyeron rebotar abajo, en el suelo del túnel.

—Espero que aguante —dijo Jenny, riendo.

Se arrodilló prestamente junto al agujero, aferrando la cuerda. Antes de que ellos pudieran reaccionar, sólo quedaban visibles su cabeza y sus hombros.

—¿Cuál es ese plan? —preguntó Kevin.

Jenny rió.

—Te lo diré allá abajo —dijo—. Es sensacional.

Su cabeza y sus hombros desaparecieron. ❖

Capítulo 14

❖ LA IDEA de Jenny era asombrosamente sencilla, pero no se le había ocurrido de pronto. En realidad había pasado casi tantas horas como Kevin meditando sobre el botín que habían descubierto, y sobre qué hacer con él. En contraste con Kevin, ella no "creía en los cuentos de hadas", ni en que la pura suerte fuera a sacarlos de ninguna situación. Desde el principio, tuvo la razón: las cosas eran robadas. Si ellos tenían algo que ver con eso, se meterían en dificultades, sin lugar a dudas.

También en contraste con Kevin, había tratado de hacer parte de sus tareas escolares en casa. Estuvo sentada ante un libro de historia abierto, chupando interminablemente la punta de un lápiz y escuchando el radio. De cuando en cuando, sus ojos enfocaban un cuadro o leían una o dos frases acerca de la ocupación de Inglaterra por los romanos, y sobre cómo les daba por construir baños o algo por el estilo. Pero sus pensamientos no podían apartarse de aquellos artículos robados, y de la ley, y de la pesada mano de un policía tocando a su puerta.

Una vez abajo, Jenny no explicó inmediatamente su plan. Recogió la pala y avanzó con deliberación hacia la cámara del tesoro. Deseaba que ellos estuvieran atentos mirando el tesoro, antes de hablar.

Por una vez, Buzz se conformó con no hablar, siempre y cuando sus amigos admiraran su nueva linterna. Paseó la luz por las ásperas paredes grisáceas y el techo rocoso, y mandó el poderoso rayo de luz por largos pasajes que probablemente no habían visto semejante luz desde hacía años.

—¡Es genial! —dijo—. ¡Eh, Kev! ¡También podríamos conseguir lámparas de mineros! Ya sabes, puestas en los cascos. ¡Miren, es fantástico! ¡Todo parece distinto!

Así era, y Jenny y Kevin lo contemplaron todo tan admirados como Buzz durante largo rato. Los pasajes eran como un inmenso e irreal laberinto, bajo la potente luz blanca, con grandes sombras móviles. Vieron cosas que nunca habían notado, como minúsculos nichos y huellas de cincel, así como grandes iniciales, talladas o pintadas en la roca.

—¡Miren! —dijo Buzz, en broma—. ¡Mil novecientos cuarenta y ocho! ¡Debió de ser un prisionero de guerra!

—Estás loco —dijo Kevin, riendo—. Más vale que la apagues. Ya empieza a perder fuerza.

Buzz lo negó, pero su voz no era muy segura. Había pasado gran parte de la noche jugando en la cama con la linterna. Ahora iban avanzando por un espacioso pasaje, cerca de la cámara del tesoro, y podían ver la luz que entraba de una gran fisura de ventilación, en lo alto.

—Muy bien —dijo—. Ahorraré las pilas para el trabajo. Pero cuando hayamos vendido los demás radios, compraré pilas de sobra.

—Vengan —dijo Kevin a Jenny, en voz baja—. ¿Cuál es el plan?

Habían llegado a la gran cueva, y se detuvieron. La expresión de Jenny era grave en la media luz. Se aclaró la garganta.

—Creo que no podemos sacar eso —dijo—. Creo que nos atraparían. Lo que haríamos tiene un nombre especial, es un delito.

Aunque Kevin había estado esperando algo así, se sobresaltó ligeramente. Pero Buzz lo tomó mucho peor. Empezó a dar saltos de rabia. Diríase que le habían dado una bofetada. Estaba furioso.

—¡Estúpida, estúpida, estúpida! —gritó—. ¡Eso es típico de ti! ¡Yo sabía que te habías acobardado!

—¡No! —dijo Jenny, tensa—. ¡No estoy acobardada! Si vendemos las cosas, terminarán pescándonos, y ustedes lo saben. Pero yo sé cómo todavía podemos ganar dinero sin meternos en líos. Escuchen.

—¿Cómo? —preguntó Buzz—. ¿Cómo podemos ganar dinero si no vendemos las cosas? ¡Qué tontería!

Jenny miró a Kevin, para ver qué estaba pensando. Le sorprendió que no hubiese dicho nada. Kevin apartó la vista.

—Buzz —dijo Jenny—. Yo he traído una pala, ¿verdad? Excavamos un agujero, ¿entiendes? Escondemos allí las cosas. Y cuando lleguen los ladrones a llevárselas para venderlas... No las encuentran. Ellos no encuentran nada, y nosotros vamos a la policía.

—¡La policía! —gritó Buzz, horrorizado—. ¿Estás loca? ¡Acabaríamos en la cárcel!

—¿Por qué? —le preguntó Jenny, alzando también la voz—. ¿Qué hemos hecho? No acabaríamos en la cárcel, pero en cambio tal vez nos den una recompensa. Podríamos recibir unas libras, ¿no? Y sin meternos en líos.

Buzz no estaba dispuesto a aceptarlo. Casi se sofocaba del disgusto.

—¿Tal vez? —dijo—. Tal vez nos den una recompensa, unas libras, o mejor dicho, seguro que no nos darán nada.

Se miraron durante un momento, jadeando, furiosos. Luego, Jenny se encogió en hombros. Haciendo un esfuerzo, bajó la voz. Temblaba ligeramente.

—¿Por qué hemos de ir a la cárcel? —preguntó Jenny—. Buzz, nosotros encontramos las cosas y dimos aviso. Seremos unos héroes.

Buzz meneó la cabeza. Su voz se había vuelto cansada.

—Has estado leyendo demasiados libros para niños —dijo—. "Emilia y los detectives." Mejor sería "defectivos". Estás loca.

El tono de Jenny se endureció. Estaba cansada de discutir. Buzz estaba actuando como un idiota.

—Tú eres el "defectivo" —le dijo—. Si movemos las cosas, si las vendemos y aun si las tocamos quizá estaremos quebrantando la ley. Pero si las enterramos y luego se lo decimos a los policías…

Se volvió hacia Kevin. Era hora de apelar directamente a él.

—¿Qué piensas, Kevin?

Kevin tenía la boca seca. Dejó que su mirada vagara por la cueva, grande y sombría. Antes le parecía atractiva y misteriosa, con aquellas máquinas y extraños muebles rotos por doquier. Hoy le parecía un basurero. Un basurero sucio, desagradable y aburrido. Avanzó hacia la manta grisácea que cubría el montón de cosas. Cosas robadas. Sin embargo no dijo palabra.

—Sí —dijo Buzz—. ¡Por Dios, dile algo Kev! Dile que está loca. Dile que es una cobarde. ¡Díselo!

Kevin se dio vuelta, para hacerles frente mientras ellos aguardaban en la entrada de la gran cueva.

—Creo que ella tiene razón —dijo.

Por el viejo camino de las cuevas, pasando ya la entrada principal, tapiada y bloqueada, con sus letreros que decían propiedad privada y alerta y peligro, avanzaba una destartalada camioneta. Era amarilla, con manchones de pintura y de herrumbre, y probablemente había pertenecido antes a la compañía de teléfonos. El sonido de su motor era malísimo.

En su interior iban tres hombres y un perro llamado Satanás. Dos de los hombres llevaban chaquetones gruesos y cortos, y el otro una chamarra. El perro era pequeño, robusto y poderoso, con un aspecto de increíble ferocidad. Un Rotweiler. En la parte trasera, junto al perro, iban dos palas y algunas cubiertas de lona. El que conducía, un hombre alto y delgado, dirigió cuidadosamente la camioneta hacia una pequeña entrada lateral de las cuevas, invisible desde el camino principal que pasaba encima de la pista de llegada, y allí apagó el motor. Por un momento reinó el silencio, salvo por el rumor del tránsito que llegaba de la parte de la ciudad más cercana al bosque. El hombre abrió la portezuela, salió y avanzó hacia la pequeña entrada lateral, semioculta por toda una barricada de escombros, de ladrillo y de piedras. Luego se volvió hacia la camioneta.

—Pásame la pala, Jack —dijo—. Si nos apuramos, alcanzaremos a tomarnos unas cervezas.

Jack, un tipo de tez oscura, con ojos extraños e inquietantes, contrajo sus facciones en una sonrisa.

—Tendremos algo que celebrar —dijo. ❖

Capítulo 15

❖ TRACEY estaba pasando la aspiradora por la habitación de Kevin cuando descubrió el agua de Colonia.

Ya había acabado con el peor desorden, sacado calcetines sucios de debajo de la cama, y descubierto sudaderas y playeras en los lugares más inverosímiles. Estaba de buen humor. Su hermano era un sucio, pensó, y además un holgazán, pues él debía limpiar su propia habitación una vez cada quincena. Pero hoy, excepcionalmente, tenía ella la mañana libre y todo el fin de semana. Iría después a comprarse una falda y una blusa que le habían gustado. También sentía un poco de pena por Kevin, y le pareció que había estado fastidiándolo mucho.

Después de aspirar la alfombra y los zócalos de madera de las paredes, Tracey apuntó hacia lo alto el tubo de la aspiradora, y limpió las esquinas, aspirando una o dos polvorientas telarañas. Luego subió sobre una silla y pasó el tubo de la aspiradora por encima del armario. Normalmente no se habría molestado en hacer eso, pero había unas marcas de dedos sobre el borde del armario. No se le había ocurrido que por ahí hubiera andado Kevin hasta que la punta de la aspiradora chocó con algo.

Pocos segundos después, Tracey tenía en la mano el frasco, sucio pero obviamente nuevo. Con calma bajó de la silla y pisó el botón de la aspiradora. Cesó el zumbido del motor.

—¿Agua de Colonia? —dijo Tracey, en voz alta—. Eso es...

Todo encajaba. El billete de cinco libras de la señorita Smith. El pequeño canalla...

Luego se le ocurrió otra idea. ¿Para qué quería agua de Colonia? ¿Para qué podría querer su desaliñadísimo hermano un frasco de agua de Colonia?

Con lentitud, Tracey se acercó a la cama, y despejó un pequeño espacio para sentarse. El mapa de Kevin estaba ahí extendido, y encima se veían plumones sin sus tapas: típico... Tracey observó que los colores aún estaban frescos y que recientemente Kevin había añadido nuevas marcas. Recordó que en la panadería la señorita Smith había preguntado por las cuevas; la noche anterior, Kevin había mentido diciendo que no había estado allí. ¿Qué estaba ocurriendo?

Afuera, en el pasillo, Tracey oyó a su madre, y otra pieza del rompecabezas cayó en su lugar.

El agua de Colonia era para ella, por su cumpleaños.

Era el regalo de Kevin...

Abajo en la cueva, Kevin, Jenny y Buzz se hallaban en aprietos. Todo había ocurrido con tal rapidez, tan inesperadamente, que aún estaban más sorprendidos que atemorizados. Pero el miedo empezaba a dominarlos, a invadir gradualmente sus cerebros. Se hallaban en el cruce de cuatro oscuros túneles, con la linterna apagada, escuchando. Por el momento no se oía nada. Pero esto no los tranquilizó.

La discusión con Buzz había sido enconada, pero no duró mucho. Al principio, él se negó a ayudar a los otros a transportar las cosas a otra cueva, observándolos de mal humor mientras ellos se turnaban llevando las cosas e intentaban excavar con la pala. Luego, su sentido del humor lo dominó. Ellos estaban divirtiéndose y entrando en calor, y él no. Aunque pensó que lo mejor era vender aquello, decidió participar. Viendo bien las cosas no tenía objeto quedarse al margen.

Iban de regreso a la gran caverna para tomar más radios de la pila cuando se percataron de que ya no estaban solos. En realidad, habían rodeado la última curva, siguiendo el rayo de luz de la linterna de Buzz, cuando fueron iluminados por una luz que llegaba de la dirección opuesta. Fue tal su sorpresa que por un momento no comprendieron siquiera lo que pasaba.

También los dos ladrones se sobresaltaron, pero lograron recuperarse más pronto de la sorpresa. Pocos segundos antes, habían entrado en la gran sala y al punto vieron apartada la manta y notaron que alguien había tocado los radios. Ahí estaban las chamarras que los niños, sudando al excavar, habían arrojado a tierra.

Jenny fue la primera en hablar.

—¡Apágala! —dijo entre dientes a Buzz—. ¡Son ellos!

Pero Buzz, en lugar de apagar la linterna, giró sobre sus talones. Desde el otro lado de la caverna, por encima de las pilas de aparatos viejos y desechos, les llegó un rugido de rabia. Mientras los tres niños se alejaban corriendo ruidosamente, agachándose para no chocar con alguna parte baja del techo, oyeron gritos airados.

—¡Suéltame! ¡Voy a matarlos! ¡Déjame!

—¡Jack! ¡Son unos niños!

—¡No me importa! ¡Trae a Satanás! ¡Trae a Satanás!

Los niños corrieron, con la boca abierta, latiéndoles con fuerza el corazón, volviéndose a ver de vez en cuando para ver si los seguían. Primero se dirigieron a la salida de la alcantarilla, donde la cuerda colgaba desde el cuadro de luz, muy por encima de sus cabezas. Batallaron y se colgaron, uno tras otro, tratando de saltar y de trepar de poder apoyar un pie en las sucias y desconchadas paredes del pozo. Por último, la cuerda se rompió bajo el peso de Buzz y de Jenny, y todos cayeron a tierra, amontonados. Jenny se lastimó el tobillo, y lloró de dolor mientras todos corrían en busca de otra salida.

Se encontraban ahora en un cruce oscuro, cada vez más ate-morizados, escuchando. Nada.

Después de uno o dos minutos, susurró Buzz:

—Tal vez se hayan ido. Tal vez desistieron.

Jenny murmuró:

—"Trae a Satanás." Lo oyeron, ¿no? Dijo que trajera a Satanás.

—Pero ¿qué es Satanás? —dijo Kevin, tratando de bromear, aunque tenía seca la boca por el miedo—. ¡Espero que el diablo no esté con ellos!

No muy lejos de allí, del otro lado de los zigzagueantes pasajes, los dos primeros hombres se hallaban en otro cruce, también escu-chando. Ahora tenían consigo al perro, poderoso y achaparrado, tirando de un trozo de cuerda. Un tercer hombre estaba con ellos, cerrándole las mandíbulas a Satanás con la mano. El perro gruñía quedamente.

—¡Suéltalo!

Fue Jack el que habló con voz muy baja. A la luz de la linterna, sus ojos tenían un brillo extraño en su rostro contraído y amargo.

—No!— susurró el que estaba junto al perro—. ¡Los matará! ¡Los hará pedazos!

—Antes tendrá que encontrarlos —se burló Jack.

En ese momento, el perro sintió un rastro. Se lanzó hacia adelante, liberando sus fauces de la mano de su guardián. Los hombres apenas lograron impedir que el musculoso animal se lanzara solo.

Entonces, Satanás ladró, descubriendo sus grandes dientes que chorreaban baba, y arrojó ruidosamente aire de sus pulmones. Los ladridos fueron repetidos por el eco a lo largo de las paredes de la caverna.

Y los niños lo oyeron. Sus bocas se abrieron, y se miraron unos a otros, horrorizados. Tropezando por el temor, echaron a correr en las tinieblas. ❖

Capítulo 16

❖ AL PRINCIPIO, corrieron sin rumbo, y durante los primeros pasos en la oscuridad, hasta que Buzz pudo encender la linterna. En cuanto el rayo de luz iluminó una desviación del corredor principal, ellos la tomaron, sin saber ni importarles a dónde los llevaría. Corrieron por pasadizos chocando contra las paredes de túneles. Sólo querían alejarse, poner mayor distancia entre ellos y sus perseguidores, ganar distancia del terrible perro que no habían visto pero que en su imaginación era un monstruo.

Pero pronto vieron que estaban haciendo una locura. Pese a su terror, comprendieron que hombres y perros podían correr con mayor rapidez que ellos en los pasajes abiertos. Tenían que encontrar los caminos más difíciles y estrechos y también encontrar una salida.

—Debiste traer el mapa —dijo Buzz, jadeante, a Kevin—. Vamos mal, lo sé. Debiste traer el mapa.

—No vamos mal —replicó Kevin, tajante—. Sé exactamente dónde estamos. Trataremos de salir por el callejón del Despeñadero.

En realidad, Kevin no estaba absolutamente seguro de su posición, pero al cabo de unos segundos, por fortuna, llegaron a un cruce que él conocía bien. En el momento en que se detenían para orientarse, oyeron tras ellos a los hombres. Gritos y maldiciones, y el ávido gañido del perro.

—¡Vengan! —dijo Kevin—. Si podemos llegar hasta el Despeñadero, alcanzaremos el agujero de la Gloria. Pasaremos entonces por la Laguna Negra, que no es profunda. Tal vez hará perder la pista al perro. ¡Corran!

Jenny dijo:

—¡Ahorra energía, Buzz! Enciende la linterna sólo cuando sea indispensable. ¡Podemos necesitarla después!

Tenía razón. La luz de la linterna, antes tan brillante, había perdido intensidad. Buzz se maldijo por haber estado jugando con ella la noche anterior. Si esto se prolongaba...

Corrieron a ciegas entre las tinieblas, tratando de hacer el menor ruido posible y encendiendo la linterna sólo en los cruces donde no se orientaban bien. A Jenny le dolía el tobillo impidiéndole correr con rapidez. Y cada vez que se detenían, escuchaban con atención. Y cada vez podían oír a la banda.

El callejón del Despeñadero era un túnel temeroso y estrecho. En algunas partes tenían que agacharse para pasar por él, y en cierto punto Kevin chocó de lleno contra un saliente de roca y la nariz le quedó sangrando. El túnel frenaría a los hombres, pero también a ellos . Para cuando salieron de él, podían oír claramente al perro, jadeando y corriendo rabioso tras su pista. En las estrechas cuevas se veían furtivas manchas de luz de las linternas.

—¡Suéltalo! —gritó uno de los hombres—. ¡Él los detendrá!

—¡Los matará! —dijo otro. Luego gritó—: ¡Eh! ¡Niños! ¡Deténganse, ahora que pueden!

Pero los niños corrían. Demasiado tarde para buscar el agujero de la Gloria, demasiado tarde para tratar de despistar al perro metiéndose en la Laguna Negra. Kevin los condujo a una estrecha y zigzagueante cañada que él conocía, donde pensó que podrían salvarse. Les ofrecía una pequeña y remota esperanza, pero los llevaba lejos de las entradas, al corazón mismo de todo el laberinto, al centro de la colina. Si no podían esconderse allí... estarían perdidos.

De pronto, salieron de la cañada a un largo y espacioso corredor. Al rodear una curva corriendo a toda velocidad, Kevin vio una pared frente a ellos. Una pared lisa, de cemento gris, sin ninguna entrada. Buzz y Jenny lo miraron, con rostros blancos de pavor.

Por un momento, también Kevin creyó que había cometido su último error. Pero al acercarse a la pared, vio que había calculado bien. En lo alto había un agujero, hecho quizás años antes. Era pequeño, apenas lo bastante espacioso para que por él pasase un niño, y se hallaba a dos metros del suelo. Bastaría.

—Ya he pasado por allí —dijo, jadeante, al llegar al pie de la pared—. Primero Jenny, por su tobillo lastimado. Cada quien, a empujar por una pierna, Buzz... ¡y salta!

Mientras los niños la empujaban desde abajo, Jenny saltó. Sus manos y brazos pasaron por el agujero, y se le salió el aire cuando su cuerpo chocó contra la pared. Con un gemido de dolor, debatiéndose, pasó del otro lado.

—¡Toma vuelo! —ordenó Kevin a Buzz, apartándolo de la pared—. Cuando hayas llegado arriba, me das la mano.

Buzz corrió como un campeón olímpico. Logró pasar la cabeza

y los hombros por el agujero casi de un tirón, y luego empezó a patalear. Cuando logró apoyar un pie, Kevin lo empujó por el otro y Jenny tiró de él por los hombros. Sus piernas, agitándose, desaparecieron por el agujero. Kevin ya había retrocedido para tomar impulso.

Mientras Kevin se preparaba, asomó la cabeza de Buzz. Su rostro estaba rojo y sudoroso, y su cabello era una masa de polvo. Miró por encima del hombro de Kevin, y su expresión cambió.

—¡Kevin! ¡Pronto!

Kevin echó una mirada hacia atrás. Los hombres salían de la curva, a toda velocidad. Uno de ellos llevaba el perro, que tiraba brutalmente de la cuerda. Con el hocico abierto, acezando, el animal casi se lo llevaba.

—¡Eh! —gritaron—. ¡Alto!

—¡Buzz! —exclamó Kevin.

Se lanzó contra la pared con todas sus fuerzas, esperando haber calculado bien. Oyó tras él un tremendo gruñido, y luego el ruido rasposo de las uñas de un perro sobre tierra y piedra.

¡Lo habían soltado!

Kevin, moviéndose con toda rapidez, vio el rostro de Buzz, deformado por el terror, y la pared que parecía avanzar hacia él. Cerró los ojos antes de chocar contra la pared, y estiró los brazos al saltar. Una de sus manos aferró el cabello de Buzz, y la otra pasó por el agujero. Pataleó con todas sus fuerzas para impulsarse. Los brazos y las manos de Buzz lo aferraban, sujetándolo.

Cuando por fin pudo subir las piernas, Kevin oyó llegar al perro. Con un rugido se lanzó contra sus pies, y la pared se estremeció cuando su cuerpo chocó con toda fuerza contra ella. El animal cayó, quejándose, y luego saltó y saltó y volvió a saltar para atrapar las piernas de Kevin.

Era demasiado tarde. Kevin, estremecido y sangrando por la boca, había pasado. Se volvió y pudo ver la feroz cabeza del perro alcanzar casi el nivel de agujero, con las mandíbulas chasqueando horriblemente, escurriendo baba. Detrás del perro, Kevin vio a los hombres. Dos de ellos estaban obviamente asustados; pero el tercero estaba loco de rabia.

—¡Debiste soltarlo antes! —gritó—. ¡Los habríamos pescado!

El más joven de los hombres dijo algo que a Kevin le sonó como "cierra el hocico". Pero Kevin se habían dado vuelta. En el negro y sucio agujero, tras la pared de cemento. Buzz y Jenny lo miraban a la incierta luz de la linterna. Estaban a punto de llorar.

—¿Ya estamos a salvo? —preguntó Jenny, con voz temblorosa.

Kevin sabía que había otro camino. Un camino que rodeaba la pared. Si los hombres no lo conocían, estarían a salvo, al menos por un rato. Se llevó un dedo a los labios, pidiendo silencio. Y escuchó por el agujero.

Afuera no se oía nada. Uno de los hombres había atado a Satanás por el cuello, y le cerraba las mandíbulas con la mano. Kevin no se atrevió a mirar, pero pensó que había pasado el peligro. Se volvió hacia Jenny y Buzz, y trató de sonreír.

—Vamos allá abajo —susurró, señalando un estrecho y sucio pasaje—. Nadie conoce estas partes. Nos esconderemos hasta que ellos se vayan. No nos va a pasar nada.

Pero Kevin se equivocaba. Afuera, por señas, Jack indicó otro túnel, por el que podrían trasponer la pared. Pocos momentos después, sin ser vistos, los hombres observaban a los niños pasar sigilosamente a través de una enorme puerta de acero, a prueba de explosiones, hasta un húmedo corredor de ladrillo. Conducía, según recordaba Kevin por el mapa de la señora Waring, a una red de salas y túneles que durante la guerra había servido para almacenar bombas.

Cuando los niños cruzaron la puerta, siguiendo la linterna de Buzz, cuyo rayo iba palideciendo, los tres hombres se acercaron lentamente a la puerta de acero. Ninguno habló.

Sin embargo, cuando Jack aferró la gran puerta, por un momento pareció que los otros iban a protestar, o a intentar detenerlo. Luego, retrocedieron. El hombre feroz, de rostro sombrío, pujando por el esfuerzo, empujó la puerta. Ésta cedió al principio lentamente, luego giró con rapidez. Por fin se cerró de un gran portazo, con un sonido ominoso.

Jack la contempló, jadeando un poco. Se frotó las manos contra los pantalones. Luego deslizó el pasador, grande y herrumbroso, hasta su lugar. Se volvió entonces hacia sus compañeros, sin sonreír.

—Listo —dijo—. No hay salida.

Se dieron vuelta y echaron a andar. ❖

Capítulo 17

❖ ALREDEDOR de una hora después, Tracey llegó a la principal entrada de las cuevas. Vino a través del bosque, con el mapa de Kevin enrollado en la mano; sintiéndose muy tonta. A pesar del frío, había vagabundeado largo rato por el centro comercial, preguntándose qué debía hacer.

Poco antes, su madre estuvo a punto de sorprenderla con el agua de Colonia en el dormitorio de Kevin. Había entrado a charlar un poco, o tal vez para ver por qué había cesado el ruido de la aspiradora, y Tracey tuvo que tapar el frasco con el mapa.

—¿Qué pasa, hija? —preguntó—. ¿Ya te cansaste?

Tracey había tomado una decisión súbita. Estaba preocupada por Kevin. Tenía que saber exactamente qué estaba ocurriendo.

—Creo que sí —respondió—. Necesito un poco de aire, iré a las tiendas a pasar un rato. ¿Necesitas algo?

En el centro, pensó en llamar a la señorita Smith, o aun en ir a verla. La profesora le había dado su dirección, por si surgía algo relacionado con el billete de cinco libras. Pero, ¿qué iba a decirle?

"Mi hermano se lo robó... y creo que está en apuros en las cuevas."
Imposible poner semejante tontería en palabras. Al final, se armó de
valor y avanzó, sola, hacia las cuevas, segura, sin embargo, de que
estaba desperdiciando su tan esperado fin de semana...

Cuando Tracey llegó a lo alto de un promontorio y vio la
camioneta amarilla, sintió un inmenso alivio. Los muchachos no
podían estar allí, si había obreros trabajando. Sin pensarlo, llamó a un
hombre joven, vestido con una chaqueta, que estaba cargando algo en
el vehículo por la portezuela de atrás.

—¡Eh! ¡Oiga, señor!

El hombre se dio vuelta, con rostro adusto. Pero al ver a una bonita
muchacha rubia en pantalones de mezclilla y una chaqueta corta,
cambió su expresión, y sonrió.

—Hola, preciosa, ¿qué quieres?

Tracey empezó a descender del promontorio, hacia la entrada. Se
guardó el mapa, y buscó apoyo en árboles y arbustos. Antes de llegar
a la calle en desnivel, habló:

—¿Son ustedes del concejo? ¿Han visto a unos niños?

La expresión del hombre cambió.

—¿Unos niños? —repitió—. ¿Por qué?

Aunque el hombre parecía un obrero del municipio, Tracey sintió
una punzada de desconfianza. Había algo raro en su voz. Se acercó más
lentamente.

—Estoy buscando a mi hermano —dijo—. Y tal vez esté con sus
amigos.

Vio que el hombre tragaba saliva. Retrocedió un poco para que la
camioneta le tapara el rostro. A Tracey le pareció que no deseaba que
ella se acercara demasiado. Su voz se hizo más dura.

—Aquí no hay niños —dijo—. Es propiedad privada. Estamos tapando los agujeros.

Tracey siguió acercándose. Con deliberación, el hombre cerró bruscamente la portezuela de la camioneta, como para ocultar algo.

—Propiedad privada, preciosa. No te metas aquí.

Intimidada por su tono de voz, Tracey se detuvo.

—¿Llevan ustedes mucho tiempo aquí? —preguntó.

—Toda la mañana —contestó el hombre—. Ya te lo dije, somos del mantenimiento. No hay niños, no hay ningunos niños.

Se interrumpió.

—Ya te dije también —recalcó sus palabras— que esto es propiedad privada. Ya estoy harto de repetirlo. Te estás metiendo donde no debes.

¿Qué podía hacer Tracey? El hombre parecía un obrero, y actuaba como un obrero. ¿Por qué había de mentir? Se estaba portando como una loca, e imaginando las cosas más descabelladas. Era absurdo.

—Sí —dijo, cabizbaja.

Se dio vuelta y se alejó.

Cuando la puerta blindada se cerró con estruendo detrás de los niños, fue tal su pánico que durante un largo rato no dijeron ni hicieron nada. El ruido fue aterrador: un estrépito resonante, seguido por el metálico rechinar del cerrojo al caer en su lugar. Aunque no estaban familiarizados con esos ruidos, los tres comprendieron al punto lo que había ocurrido.

Durante un momento, se quedaron petrificados. Pero luego cundió el pánico.

Buzz se arrojó sobre Kevin y le arrancó de la mano la linterna.

Dando un grito inarticulado, se lanzó hacia el pasaje por el que habían llegado, y echó a correr. Chocó directamente con una pared.

—¡Alto! —gritó Kevin—. ¡Buzz! ¡Ten cuidado! ¡Todo saldrá bien!

Cosa sorprendente: eso enfureció a Jenny. Gritó a Kevin, con todas sus fuerzas, con miedo y furia, algo que no tenía sentido. Mientras Buzz volvía a lanzarse contra la puerta de hierro, Jenny empujó a Kevin y corrió tras él.

—¡Nada saldrá bien! —gritó—. ¡Estamos atrapados, estúpido! ¡nos han encerrado en las cuevas!

Kevin los siguió, pero más lentamente. Cuando ellos llegaron a la puerta y empezaron a darle golpes y puntapiés, él se sintió asqueado. Asqueado por la preocupación y por el temor. Sabía que aquello era inútil, imposible. Sólo lograrían lastimarse, gastar sus energías.

—¡Alto! —dijo casi implorante—. Sólo van a...

Jenny se dio vuelta y se le enfrentó, indignada:

—¡Tú nos metiste en esto! —le gritó—. ¡No te quedes ahí! ¡Haz ruido! ¡Que nos oigan! ¡Nos dejarán salir! ¡Tienen que dejarnos salir!

Pero muy poco después, Buzz y Jenny dejaron de golpear. El sonido más fuerte fue el de sus gritos, no el de los golpes, y eso también cesó. Buzz empezó a llorar.

—Kev —dijo Buzz—, ¿qué podemos hacer? Moriremos aquí.

Kevin casi le gritó:

—¡Oh, calla! ¡Y apaga la linterna! Vamos a necesitarla. ¡Apágala!

A él mismo le sorprendió su propia voz, tan enérgica y resuelta. Y también sorprendió a los otros. Buzz dejó de sollozar. Antes de que la luz se apagara, pareció avergonzado.

—¿Conoces entonces una salida? —preguntó Jenny—. Nunca habíamos estado aquí. ¿Hay una salida?

Kevin supo que tenía que hacer todo un alarde. Si no, sus amigos se desplomarían. Cerró los ojos por un momento, tratando de recordar una imagen de su mapa, las nuevas partes que había coloreado. Por aquel rumbo había un respiradero, de eso estaba seguro. Un respiradero en un pozo. Si pudiera encontrarlo...

—Yo conozco las cuevas —dijo, tratando de dar firmeza a su voz—. Estoy harto de repetírselo. Hay un camino. Ustedes síganme.

Al principio, trataron de avanzar a oscuras, tomándose de las manos y guiándose por las paredes. Pero éstas eran húmedas y horribles, y el terreno estaba cubierto de agujeros, algunos de ellos profundos y peligrosos. Al cabo de pocos minutos, Jenny dijo que tendrían que arriesgarse a que se agotaran las pilas.

—Sí —dijo Kevin, en voz baja—. Enciende la linterna, Buzz. Todo saldrá bien.

Buzz encendió la linterna, y luego la sacudió. Cuando habló, había miedo en su voz.

—La luz no deja de parpadear —dijo.

Los veinte minutos siguientes fueron terribles. Muchos de los pasajes que probaron estaban negros de agua sucia y lodo, y en varios lugares había habido derrumbes. Hasta el poco ruido que hacían los aterraba por miedo a un desplome. La idea de quedar enterrados bajo toneladas de escombros era insoportable.

Otros túneles empezaban bien, con sólidas paredes de ladrillo y techos altos, pero a menudo cesaban de pronto, o se convertían en salas cuadradas, sin ninguna salida. Cada vez que tropezaban con una pared los niños se desalentaban. Y empezaban a sentir frío, mucho frío...

De pronto, al llegar a un cruce, Buzz se puso rígido. Tendió un brazo hacia Jenny para detenerla. Kevin chocó con ellos.

—¿Qué pasa? —preguntó.

—¡Aire! —dijo Buzz, con voz emocionada—. ¡Siento aire fresco!

—¡Sí! —gritó Jenny—. ¡Yo también! ¿Por dónde?

Cuatro grandes pasajes cuadrados se cruzaban allí, mientras otro, más pequeño, cubierto de arcos, subía hacia un lado. Al momento, a Kevin le vino a la mente una imagen. ¡Lo había puesto en su mapa! ¡Estaba seguro!

—¡Sí! —gritó—. ¡Exactamente ahí arriba! ¡Un respiradero! ¡Conduce al bosque!

Trató de arrancar la linterna de la mano de Buzz, pero Buzz no quiso soltarla. Al mismo tiempo todos echaron a correr. El túnel cubierto por arcos era recto a lo largo de unos cincuenta metros, luego se curvaba hacia la izquierda. Para cuando llegaron a la curva, los tres —hasta Jenny con su tobillo lesionado— iban a toda velocidad. Al mismo tiempo, vieron un rayo de luz.

—¡Hurra! —exclamó Jenny—. ¡Oh, Kev, oh Buzz!

Sin embargo, antes de llegar al extremo, se detuvieron. Luego se miraron, iluminados por la luz mortecina de la linterna. Horrorizados, vieron la salida.

Había un respiradero. A través de él, entraba un poco de luz del sol. Pero el agujero había sido bloqueado con concreto y escombros. Aquella masa era casi sólida. Jenny corrió hacia allí, y se arrojó sobre la pila. Apenas alcanzó a asomar su rostro por el agujero. Afuera pudo ver árboles y pasto, y el cielo nublado, que iba oscureciéndose.

—¡Kev, eres un estúpido! —gritó, escupiendo las palabras—. ¡Estúpido, estúpido estúpido!

La linterna parpadeó, y su luz perdió intensidad. Antes de que Buzz pudiera apretar el botón, ya se había apagado. ❖

Capítulo 18

❖ TRACEY acabó por ir a ver a la señorita Smith, mucho tiempo después de haber hablado con aquel hombre ante las cuevas. Regresó al pueblo y caminó distraídamente. La preocupaba su hermano, y luego la preocupó su madre, que la esperaba al medio día para comer. Después de todo, ella sólo había salido "a tomar aire".

Pero Tracey no pudo obligarse a regresar. Tomó una taza de café y una hamburguesa, y reflexionó un poco más. La tarde estaba acabándose cuando por fin reunió el valor suficiente para hablar con su ex maestra. Aun entonces, estuvo paseando frente a su jardín durante quince minutos, antes de atreverse a tocar a la puerta.

La señorita Smith vivía en un pequeño y agradable apartamento suburbano. Pareció muy sorprendida al encontrar a Tracey ante su puerta, y no precisamente encantada. Después de todo, no era probable que se tratara de una visita social, ¿o sí? Algo debía de andar mal. Pero hizo pasar a Tracey y le sirvió una taza de té antes de hacerle la pregunta decisiva.

—¿Vienes a hablarme de Kevin? ¿Del dinero?

Tracey tenía unos ojos claros muy sinceros, pero la señorita Smith notó —no por primera vez en los últimos días— que Tracey no estaba siendo sincera para con ella.

—Bueno... no, no exactamente —dijo Tracey—. Este... sí es acerca de él, pero no... bueno...

La señorita Smith fue paciente. Comprendió que había sido muy difícil para Tracey decidirse a venir a verla, y no la apremió. Tracey sorbió su té y dio vueltas en la mano a un bizcocho, y luego habló del mal tiempo. Bueno, pensó la señorita Smith, ¿cuánto durará esto?

—Es acerca de las cuevas —dijo Tracey, de pronto—. De esas cuevas que usted mencionó. Creo que allí está pasando algo. Vi a unos hombres. A un hombre.

La señorita Smith parpadeó, tratando de no mostrar sorpresa. Tracey le había dicho muy seriamente que nunca había oído hablar de las cuevas. Uno de los chistes de Buzz...

—¿Qué clase de hombre? —preguntó—. ¿Y qué tiene que ver eso con Kevin? No comprendo bien...

Tracey dejó su taza sobre el platillo y se concentró. Sucintamente contó todo lo que sabía, hasta el momento en que habló con aquel hombre. Al hablar, sintió que iba ruborizándose, hasta que su rostro quedó de un rojo brillante. Así contado en voz alta, aquello no sonaba creíble, ni aun para ella. La señorita Smith mordisqueaba su bizcocho con toda calma.

—Bueno —dijo, después de una larga pausa—. Bueno, francamente, yo... Mira, si estás realmente preocupada, ¿por qué no llamas a la policía?

Ahora era ella la que se ruborizaba. Ambas se sentían incómodas.

Sin duda, la señorita Smith creía que Tracey estaba loca. Tracey supo que todo aquello era inútil.

—Pasan demasiadas cosas, ¿verdad? —murmuró—. Quiero decir... también está el asunto de sus cinco libras. Kevin las tomó. Compró una botella de agua de Colonia para mamá. Su cumpleaños es el miércoles.

Ah. El billete de cinco libras. De pronto, la señorita Smith se sintió mejor. A eso podía hacerle frente sin dificultad; sólo se trataba de cinco libras, ella podía ayudar. Ciertamente, no iba a dejar que una pequeñez como esa causara más dolores de cabeza, sobre todo a Tracey. Se puso en pie vivamente.

—Mira —dijo—. Kevin es joven, y lo hizo para comprar un regalo, ¿verdad? Tendremos que hablar de eso después. Pero... bueno, si quieres llamar a la policía para que busque en las cuevas, yo no mencionaré ese asunto, desde luego. Ni en sueños. ¿Está bien?

Tracey dejó su taza, torpemente. Con la mirada buscó su abrigo, y se puso en pie.

—Gracias —dijo, en voz baja—. Pero... creo que será mejor que me vaya, mamá ha de estar preocupada.

La señorita Smith no supo cómo ni por qué, pero sí que ella había perdido. Dijo, con apremio:

—Pero si Kevin está en las cuevas, sólo lo regañarían, ¿verdad? Eso no importaría, ¿o sí? Estaría a salvo.

"Usted no comprende", pensó Tracey. "No hay que llamar a la policía. La policía sólo causa problemas. No se debe acudir a ella."

—Sí —dijo, como si estuviera de acuerdo—. Yo...

La señorita Smith trató de sonreír, para disimular su incomodidad. Su sonrisa pareció muy falsa.

—Supongo que saben dónde están las cuevas, ¿verdad? —dijo—.
Pero tú no crees en la justicia, ¿verdad?

Tracey la miró, y luego apartó la vista.

—Tengo que irme —dijo.

En las cuevas, los reproches y la amargura habían cesado hacía ya un rato. Buzz estaba sentado en su rincón, abatido, sollozando de cuando en cuando, y Jenny y Kevin se turnaban gritando por el minúsculo agujero. Al desaparecer la luz, también se habían desvanecido sus esperanzas. Todos estaban quedándose roncos, y sufrían de hambre y frío. De la linterna ya no salía la más mínima luz.

—¿Qué hacemos? —preguntó Jenny, por enésima vez—. ¿Creen ustedes que nos encontrarán?

Kevin reflexionó. Hacía horas que no pensaba en otra cosa, desde luego, pero volvió a considerar la situación desde el principio. Sin embargo, antes de que él pudiese contestar, habló Buzz.

—Claro que no —dijo, desde su negro rincón—. Nadie sabe que estamos aquí. Estamos encerrados, y moriremos de hambre. ¡No podemos salir! ¡Nadie se acercará! ¡Vamos a morir!

Había empezado a hablar en voz baja, pero su volumen aumentó. Jenny y Kevin guardaron silencio, esperando que no volviera a gritar, a vociferar como lo hiciera una o dos horas antes. Para su gran alivio, la voz de Buzz fue apagándose. Ruidosamente volvió a caer en sus rutinarios sollozos.

—Sólo podemos gritar —dijo Kevin—. Alguien acabará por echarnos de menos. Ven, Jen, vamos a gritar juntos todo lo que podamos.

Mientras ellos trepaban cuidadosamente sobre los irregulares montones de cascajo, hacia el respiradero, Tracey iba descendiendo con lentitud por el camino de las cuevas. La oscuridad era ya casi total y ella no tenía linterna, pero estaba completamente convencida de que tenía que hacer una búsqueda en toda forma. En una mano aferraba, como un talismán, el mapa de Kevin.

Eran aquellos hombres, se dijo. Aquél con el que había hablado le infundió miedo, y ella retrocedió. No volvería a ocurrir. Pasara lo que pasara esta vez, hiciera lo que hiciera, ella le haría frente. Aun si ahora había otros hombres, aun si... Tracey se detuvo, y soltó una palabrota. La camioneta, desde luego, ya no estaba allí.

Pero poco después, mientras ella trataba infructuosamente de orientarse subiendo por la colina entre las sombras, oyó los gritos. Eran tenues, llevados por el viento a través del bosque silencioso. Dos voces.

—¡Auxilio! —decía la voz.

Era voz de niña.

Luego:

—¡Auxilio! ¡Auxilio! ¡Eh!

Tracey echó la cabeza hacia atrás, mitad con alegría, mitad con ira.

—¡Kevin! —gritó—. ¿Dónde estás?

En el silencio que siguió, Tracey oyó la sirena de un auto de policía. Sus faros iluminaron los árboles, y se oyó chirriar sus neumáticos. El aullido de la sirena sonó mucho más cerca esta vez.

Al parecer, la señorita Smith sí había hecho la llamada. ❖

Capítulo 19

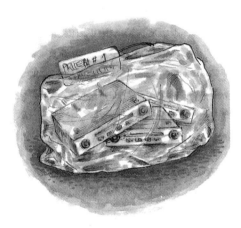

❖ AQUELLA noche, pese a todos los temores de Kevin, no fue muy mala. Al aparecer el rostro de Tracey por el respiradero, al empezar ella a apartar las piedras, Kevin no podía contener su exaltación.

—¡Es fantástico! —gritaba—. ¡Es absolutamente fantástico! ¡Encontramos un botín robado!

Se sorprendió cuando Jenny le ordenó entre dientes que se callara la boca, y sintió cierto embarazo cuando Buzz empezó a llorar. Estaban a salvo, ¿no? ¿Qué razón había para llorar?

Luego, Kevin vio las linternas que se acercaban entre los árboles. Oyó los gritos de los policías. Empezó a darse cuenta de las cosas.

—Tracey —dijo, precipitadamente—. Nosotros no robamos nada, ¡palabra! Había unos hombres. Ellos nos encerraron. La verdad es que... somos héroes.

Al llegar los hombres del auto de policía, Tracey estuvo a punto de estallar. Kevin apenas pudo ver su rostro, lleno de ira. Sin embargo, Tracey no gritó. Le dijo, intensamente:

—Cállate. Cállate. Esta vez, pequeño estúpido, la has hecho buena. Esta vez estás en un lío.

Tracey estaba a punto de llorar; tenía rotas las uñas, y las manos le sangraban. Cuando los policías vieron cómo estaban las cosas, sin alarde se hicieron cargo de la situación. Hicieron algunos chistes para tranquilizar a los niños, comentaron el desorden que había allí e hicieron que todo pareciera absolutamente normal. Poco rato después se presentaron otros dos hombres, que hicieron que Tracey se sentase y calmara. Kevin, Jenny y Buzz se callaron, esperando impacientes poder salir. Tenían frío y estaban agotados.

En la delegación de policía, todos fueron muy amables para con ellos. Desde luego, les hicieron algunas preguntas y se enteraron de la presencia de los hombres, del perro, de la camioneta y lo de los radios. Por la mañana ya habría tiempo para hacer un cuadro detallado de la situación, dijeron, después que el delegado trabajara en el caso durante la noche. De momento, bastaba enviar los niños a casa a que se lavaran, cenaran algo y se fueran a la cama.

Lo peor fue cuando aparecieron los padres de Buzz y de Jenny. Kevin sólo los vio un momento. No se dijo palabra, pero lo miraron con rostros tensos y airados. Poco después, mandaron a Kevin, con Tracey, a recibir una vacuna contra el tétano. Kevin pudo notar que estaba furiosa; furiosa y triste. No le hablaba.

Una vez en casa, Tracey lo empujó al cuarto de baño y le ordenó ocultar sus sucias ropas a la mirada de su madre, quien no sabía nada del asunto. Después, en pijama, le permitió dar las buenas noches a su madre, y luego lo mandó a la cama. Tracey y su madre se quedaron despiertas hasta tarde, charlando, y Kevin yació en su lecho, exhausto y temeroso, hasta que se quedó dormido.

A la mañana siguiente, al verle los ojos a su madre, Kevin supo que había tomado pastillas para dormir. Una fuerte dosis.

La policía llegó a las diez en punto, como habían dicho. En cuanto sonó el timbre, Tracey dejó a Kevin y a su madre sentados en la cocina con los platos del desayuno, y les prohibió salir. Asimismo, prohibió a los dos policías entrar. Ella lo sabía todo, afirmó, y no creía que su hermano estuviese en condiciones de ser interrogado en ese momento. Era demasiado joven y estaba muy confundido. Si se le iban a hacer cargos, que fuera después. Kevin tendría que hablar. Pero hasta entonces...

Eran dos policías: un sargento de detectives, en traje azul oscuro, y un uniformado. Tomaron con gran tranquilidad las palabras atemorizadas de Tracey. Pareció que no les importaban.

—Sólo es un preliminar —dijo el policía uniformado—. Ya hablamos con los padres de los otros dos, y dicen casi lo mismo. Excepto —añadió—, que, al parecer, el pequeño Kevin fue el que comenzó la cosa, según dicen. Él vendió los radios.

Tracey vio que no tenía objeto discutir. Aquello era lo que había esperado que dijeran. El policía mostró una bolsa de plástico que colgaba de su mano. En ella, Tracey pudo ver tres radios para autos, con sus etiquetas de identificación. Para su sorpresa, vio que los policías también tenían el mapa de Kevin, arrugado y todavía con lodo del bosque.

El detective se hizo cargo de la situación. Dijo a Tracey que ya habían revisado las cuevas, y que no habían encontrado nada, salvo una pala y tres chamarras; pero ningún botín ni nada que pudiese implicar a nadie. Por el momento, sus investigaciones proseguían.

—¡Pero yo les dije anoche en la delegación que no encontrarían nada! —protestó Tracey—. Esos hombres de la camioneta. Ellos debieron llevarse... Yo lo dije.

—Sí —dijo el detective.

Luego sonrió, con tristeza.

—¡Lástima que no anotó el número, señorita! —añadió.

Tracey asintió con la cabeza. Eso no podía rebatirlo. Y los policías estaban mostrándose muy razonables. Repitió todo lo que sabía, que era lo que Kevin había dicho a los otros oficiales la noche anterior, ni más ni menos, y volvieron a anotarlo, y luego sonrieron. Todo no duró más de diez minutos. Luego, los policías volvieron a sonreír y se prepararon para irse.

Tracey, en la entrada de los departamentos, a plena vista de los vecinos que pasaban, quería que se fueran... y pronto. Pero también deseaba saber qué le harían a Kevin. Hizo entonces la pregunta, y el detective puso cara de que comprendía la situación.

—No puedo decírselo —respondió—. Lo siento, eso no me toca a mí.

—Entonces —exclamó Tracey—, ¿cuándo lo sabremos? Quiero decir, si van a acusarlo...

—Si de mí dependiera, niña... —dijo el detective. Suspiró.

—Estos muchachos... —dijo.

El policía uniformado, hombre de mayor edad, levantó la bolsa que contenía los radios, y la mostró por un momento. Se aclaró la garganta.

—Pero sí cometió un delito —dijo, un tanto pesadamente—. Sí cometió un delito...

Cuando Tracey abrió la puerta de la cocina, oyó que Kevin decía a su madre:

—No me llevarán, mamá, ¿verdad? No los dejarás, ¿verdad, mamá? ¿No dejarás que me lleven?

Tracey lo miró y sintió una oleada de pesar. Reluciente de limpio y en un pijama recién planchado, Kevin se había refugiado en un rincón del cuarto, y estaba enfermo de miedo. La madre, exhausta, se hallaba desplomada en una silla. Tracey cerró la puerta.

—¿Ya se fueron? —preguntó la madre.

Lo dijo en voz neutra, como si aquello no le importara. Pero a Kevin sí le importaba, desesperadamente.

—Tracey, tú me crees, ¿no? —dijo, saliendo de su rincón—. Ya no soy un pequeño mentiroso. No soy un ladrón.

Tracey reflexionó durante un momento. Luego se encogió en hombros. Se dirigió a una cómoda, abrió un cajón y sacó algo. Se dio vuelta, mostrándolo a Kevin. Era el frasco de agua de Colonia que había tomado de su escondite en el dormitorio. El rostro de Kevin se contrajo.

—¿Qué es esto, entonces? —dijo Tracey con voz dura—. ¿Whisky escocés?

La voz de Kevin se quebró. Apenas fue audible; pero no mintió.

—Es mi regalo de cumpleaños —dijo—; para mamá.

Su madre lo miró, con rostro cetrino. No pudo comprender aquello.

—Oh, Kevin —murmuró, con voz inexpresiva.

—Propiedad robada, ¿eh? —dijo Tracey, lentamente—. A la señorita Smith.

—¡No! —gritó Kevin.

Había recobrado la voz, con toda su fuerza. La acusación pareció indignarlo.

—¡No! ¡De los radios! Te dije que ya no robo más. Es de los radios.

Al punto, Tracey le creyó. Ella misma se sorprendió por la fuerza de su convicción. Tuvo que sonreír, aunque su sonrisa fue triste.

—De todos modos, propiedad robada —dijo. Tras una breve pausa añadió—: Lo siento.

Kevin dijo, con voz ronca:

—Íbamos a volver a comprarlos. Los radios que tomamos. Lo habíamos decidido todo, allá en la cueva. Íbamos a volver a comprarlos de la tienda con el dinero de la recompensa, y a devolverlos. Íbamos a ser héroes.

Tracey dejó el frasco sobre la mesa de la cocina. Su tono se suavizó.

—¿Todavía crees en Robin Hood, verdad hermano? Pero ya no hay héroes. No habrá recompensa. La policía revisó las cuevas y no encontró nada. Y yo no anoté el número de la placa de la camioneta, porque tuve miedo. ¡Robin Hood!

Hubo un silencio. Ahí estaba el frasco, como burlándose de ellos. Después de pocos momentos, dijo Kevin:

—Me habría gustado que me creyeras cuando te lo dije, Tracey. Que no había robado a la maestra. No estaba yo mintiendo.

Tracey sonrió.

—No —dijo—. Pero eso es lo malo, ¿verdad Kev? Nadie te creerá. ¿Y de quién es la culpa? De los papás de Jenny y de los papás de Buzz: ellos te echan toda la culpa. Ya eres conocido. Pronto volverán los policías. Tal vez te acusen. Lo mejor será esconder esa maldita agua de Colonia, o echarla por el lavabo.

Los ojos de Kevin se llenaron de lágrimas.

—Quise hacer las cosas bien —dijo—. Quise que todos quedaran contentos. Todos.

Se llevó la mano al rostro.

—Y aun si yo hubiera ido a la policía, para empezar, aun si no hubiera tocado nada, creo que me habría metido en líos. Ya me conocen, ¿verdad? Saben que papá es un ladrón. Saben que yo lo soy.

—Lo eras —dijo Tracey, con calma—. Pero ya no. Yo te creo, Kevie. Eso ya es un principio, ¿no?

—Pero antes no me creíste.

Kevin había vuelto a quedarse casi sin voz.

—Sólo cuando viste la prueba —añadió—. ¿Es demasiado tarde, Tracey? Me habría gustado que me creyeras cuando te dije…

Tracey avanzó por el pasillo alejándose de la cocina.

—Lo siento Kevin. Ahora te creo y tendrás que conformarte con esto, pero es un principio, ¿verdad?

Kevin asintió, con tristeza.

—Sí —dijo, limpiándose la nariz con una manga de su pijama— Pero, ¿es demasiado tarde?

—¿Quieres una taza de té, mamá? —preguntó Tracey, y sin esperar respuesta, fue a la cocina.

Kevin y su madre se quedaron sentados. Ambos contemplaban el frasco de agua de Colonia.

—Quise que pasaras un cumpleaños feliz, mamá —dijo Kevin—. Eso fue todo.

Su madre se humedeció los labios pálidos y resecos. Lentamente se dio vuelta para mirarlo. Luego asintió con la cabeza, gravemente.

—A veces te pareces mucho a tu padre, Kev —le dijo. ❖

Índice

Este libro se terminó de imprimir y encua-
dernar en el mes de febrero de 1996 en Im-
presora y Encuadernadora Progreso, S. A.
de C. V. (IEPSA), Calz. de San Lorenzo,
244; 09830 México, D. F.Se tiraron 5 000
ejemplares.

Otros títulos para *los que leen bien*

La batalla de la Luna Rosada
de Luis Darío Bernal Pinilla
ilustraciones de Emilio Watanabe

Veloz como una saeta, una canoa pequeña atraviesa las tranquilas aguas del Lago Apacible. Adentro un niño grita:

—Pronto, escondan a Amarú bajo los juncos. Que no lo encuentren los Sucios.

Todos sus amigos corren, pues tienen miedo a los Sacerdotes-Hechiceros a quienes apodan los Sucios, por el terror que les produce lo que han escuchado sobre sus ceremonias de sangre y sus ritos de sacrificio.

Pero esta vez no será igual. Ellos no habrán de permitirlo.

Esta vez dará comienzo la Batalla de la Luna Rosada.

Un homenaje audaz a las culturas de la América precolombina

Viaje en el tiempo
de Denis Côté
ilustraciones de Francisco Nava Buchaín

Toda la familia y los amigos de Maximino
se encuentran reunidos para festejar su
cumpleaños. Después de almorzar, Maximino
y Jo deciden salir a dar un paseo. De pronto
descubren en la recámara de Maximino un
par de viejos botines desconocidos. Maximino
los toma y empieza así una extraordinaria
aventura en el tiempo, que ellos jamás
hubiesen creído posible.

*¿ Fueron las brujas seres que tenían tratos
con el diablo o simplemente visionarias,
precursoras de la ciencia ?*

Saguairú

de Júlio Emilio Braz
ilustraciones de Heidi Brandt

En la noche de la Luna Melancólica, resonó el aullido solitario. Angustiado, murió en la oscuridad de la selva, en medio de los ruidos de aquella multitud invisible que nos acechaba desde su escondrijo.

Toda la selva parecía esperar que yo matara a Saguairú.

Rehuí aquel viento. Aquel diablo viejo y astuto ya conocía mi olor, el olor de muerte que yo traía impregnado en mi cuerpo como una plaga, un mal reciente e inevitable.

Éramos enemigos hacía mucho tiempo.

¿Son realmente enemigos el cazador y su presa?

La espada del general

de Lourenço Cazarré
ilustraciones de Rafael Barajas "el fisgón"

Primero llegó la empleada, Esmeralda, marchando.
Se apostó al lado de la puerta que daba hacia el
interior de la casa e hizo un alto. Se llevó la corneta
a los labios y dio un toquido, el mismo que
habíamos escuchado días antes. Luego, colocó de
nuevo la corneta en el sobaco y gritó:

—¡La señora generala doña Francisca
Guilhermina Henriquetta Edméa Vasconcellos
Barros e Barcellos Torres de El Kathib, vizcondesa
del Cerro del Jarau!

Y en un movimiento increíblemente ágil para su
edad, saltó hacia atrás, dio un puntapié en un
cilindro y el tapete rojo del día de la llegada entró
por la sala, desenrollándose.

Por encima del tapete, con las manos en la
cintura, pasos cortos y duros, entró la mujercita.
Era imponente, a pesar de su metro y medio...
Estaba comenzando la fiesta en la que se perdió la
espada del general. Una fiesta en verdad divertida.